小松とうさちゃん

絲山秋子

河出書房新社

目次

小松とうさちゃん

小松とうさちゃん

「戦争が始まったみたいです」

山手線から目黒線に乗り換える途中で、宇佐美朋之はそのメッセージを見た。ネカマのしおんちゃんからだった。

「うちじゃないよな？　どこの同盟？」

「百鬼夜行とシェリシェリです。うちの同盟も巻き込まれるかも」

「マジかよ明日から出張だぞ俺」

大した出張ではないが、まさかネットゲームで非常事態とは言えまい。

「えー困ります」

そりゃ困るわな。俺だって困る。まだ中盤にもさしかかっていないのに、しかも十二月に戦争だなんて勘弁してくれよ。

「俺の本拠に援軍入れといてほしいんだけど」

「それ一斉書簡しときます」

「頼むわ。九時半には帰るからスカイプ入れるやつ入るように言っといて」

同盟の盟主であるかれが攻撃され、落城すれば一瞬にして四十二名の同盟員は敵の配下になってしまう。配下になればゲーム最大のイベントである砦攻略も禁止されるし、皆で攻略してコツコツ貯めた砦ボーナスもなくなってしまう。

武蔵小山で目黒線を下りて、宇佐美は路地の奥にある居酒屋「たられば」の看板を遠目に見た。めっきり飲みに行かなくなってしまったのもゲームのせいである。会社員としてのリアルは保てても、プライベートのリアルはすっかり侵食されてしまった。四十歳を過ぎてネトゲにはまっているなんてことは、とてもじゃないがひとには言えない。


車両が止まって小松尚《ひさし》は目を覚ました。新潟行きの新幹線のなかで資料を読んでいるうちにいつの間にか眠ってしまっていたらしい。窓の外には青白く雪明かりが認められる。ここはどこなのだろう。

　通路側の席に座っていた女性がこちらを見て、

「思ったより長く止まってますね」

と言った。本来動いているはずのものが止まっているというだけで、時間と場所の感覚が変になるような気がする。けれども彼女はざわざわと車内に漂い始めた違和感を緩和してくれるような柔らかい表情をしていた。

　小松は座り直して、

「電気が止まらなくてよかったです」

と言った。

「ほんとですね」

「ここ、どこなんですか」

「越後湯沢と長岡の間です」

　車掌のアナウンスで、停車した理由は、新潟方面で発生した架線トラブルだということがわかった。冬は強風でビニールが巻き付いたり、そういった類のことはよく起きると、何かのコラムで読んだことを小松は思い出す。

「新潟は、ご出張ですか？」

自分よりかなり若く見えるそのひとが言った。空港の搭乗口で「行ってらっしゃいませ」と言われるたびに感じることだが、ナンバープレートもつけていないのにどうして自分が東京の人間で、今が往路だということがわかるのだろう。人間というものは往きと帰りで顔つきが違うのだろうか。

「はい。でも明日の夕方には帰るんで」

「ゆっくりできなくて残念ですね」

「そう、ですね。魚とか、食べたかったですけど」

「近いですからまたいつでもいらしてください」

地方都市はそれがいいのだと小松は思う。集中講義や学会で出かけた先の街でも、飲み屋のママさんやタクシーの運転手に同じことを言われてはっとした覚えがあった。

「いい街ですね。僕は好きですよ」と言えば、市長でも観光大使でもないのに「気に入ってくれてありがとう」と言われる。それは定型文でもなく、律儀だからでもなく、かれらの誇りに触れたからだとわかる。

武蔵小山ではありえない。「ムサコいいよね」と言われれば「いいでしょ?」と短く返すだけだ。そのことで心が動いたりはしない。街はみんなもので、自分だけのものではない。支配されない代わりに私物化もしない。もちろん都内でも下町は全然違うのだろう。品川で生まれ育ったかれにとって、足立区や荒川区、江戸川区など、いわゆる「下町」こそが一番よくわからない地域だった。

地方都市の人は、街もその歴史も自分たちのもの、と思っているのだろう。不思議なことに羽田から飛行機でも、東京から新幹線でも、乗り込んだ途端に目的地の一部、つまり地元のひとのものになっていると感じることがある。目的地に見合った防寒着やブーツが目に飛び込んでくる。そして、方言が聞こえてくる。

復旧を告げるアナウンスがあり、そのあと幾ばくかの静寂があった。それはただ停止しているときとは違う、動きはじめる予感の詰まった静寂だった。ほどなく列車は動き出した。動き出してしまうと昔の汽車と違って隣の人と和気あいあいといった雰囲気でなくなるのが新幹線だ。通路際に座っていた女性は燕三条で下りた。間際にした軽い会釈がきれいだった。


「明日、出張だから」

夕飯を食べながら、宇佐美はテレビを見ている妻の背中に言った。

「いつまで？」

こちらを向かずに妻は答える。

「一泊だから金曜の夜には戻る」

「そう」

「大阪は今年最後だと思うよ」

「大阪以外もあるの？」

「まだわからん」

実際にはもうないことを把握しているのだが、気持ちの上だけでも少しの自由が欲しくてそう言った。

家での会話は、書類に判子を押す仕事のように薄い。

お茶を飲み終わって自分の分の食器を片付けると、宇佐美は自室にひきこもってパソコンでゲームの画面を立ち上げる。ログを確認してから、本拠回りの領地をレベルアップした。防御の兵を増産し、城の耐久を強化して籠城の設定を行ったところでスカイプから呼ばれる。

「盟主いますか？」

「はいよ」

盟主補佐のロバートが、これまでの経緯をまとめて報告してくれた。

「盟主の本拠付近に防御砦建てときますか？」

「まだいいよ。参戦する気満々だと思われると困る」

出張といっても途中で確認程度のことならできる。一泊だから騒ぐほどのことはなさそうだ。

「とりあえず今夜のうちに、俺から百鬼夜行とシェリシェリの幹部に書簡出しとくわ」

出先から外交交渉の継続が出来ないことは痛いが、そんなものは出張じゃないときだってやらなくて済めば、やらないのだ。

「ところで砦８７８だけど、どうなってる？」

「今見るんで待ってくだ」

ネカマのしぉんちゃんの文章が途中で止まった。

「どうした？」

「ていうかー。殲滅出てないかも」

殲滅というのは砦内の相手兵を自軍の武将と兵士でゼロにすることである。

「出てないってどういうこと？」

「蛇口さんが出す約束だったんですけど、出したって報告ないし、着時間の予定も書いてないんです。今日はログインしてないし」

「殲滅は一人に任せるなって言っただろ」

「すみません」

かぶってもいいから出しておけよ。当たれば自分のポイント稼ぎになるんだからよ。

味方を出し抜いたって俺は咎めないぜ。同盟としての結果が全てなんだから。

「投石機あと四時間で着くぞ」

投石機というのは兵がいなくなったあとの砦を破壊する兵器である。砦の中に相手の兵が一人でも残っていれば壊れてしまう。作成には多大な時間と、ゲーム内の金銭を要するので誰でも持てるわけではない。

「自分も武将のエースが全員入院中なので……とりあえず攻撃力六万のを出しておきます」

「六万だと？」

六万なんかで殲滅できるわけないだろ。最低でも二十五万いるぞ。

「だってそれしかないんですよー」

「なんでもっと早く言わないんだよ。ロバートは出せない？」

「間に合わないです。８７８はうちから遠すぎて。ほかの同盟員に寄せ集めでも出せるか声かけますけど厳しいですね」

「盟主の八十万砲出せませんか？」

「俺のは遅いんだよ」

ステイタスポイントをパワーに極振りしているからスピードが出ないのだ。鈍足の武将ばかり揃えてしまったのだ。

あと四時間か。

俺の投石機が。

俺の投石機六百四十四台が全損する。

「すみません。ほんとにすみません」

「しおんが悪いわけじゃないだろ。また作るからいいよ」

ちっともよくはない。

未攻略砦を残したまま戦争に突入するのか。みんなの投石機をかき集めて時間調整して、いや難しい。

小さな同盟だから役割分担など出来てはいない。みんな何でも屋なのだ。放置中の者だって半分くらいいる。アクティブな連中は皆、これ以上はないくらいの無理をしてきたのだ。

「つらいことないですか」

ほの暗いバーで、グラスにワインを注ぎながら八重樫が言った。

「大丈夫」

仕事でほぼ毎日連絡を取り、同行もしてくれる八重樫だが、車での移動が殆どだったため、飲みに行くのはずいぶん久しぶりのことだった。みどりは最終の新潟行き上越新幹線で帰ることにしていた。

「ほんとに無理はしないでくださいね。ちょっとのことでも呼んでもらえばいいんで」

「無理なんかしてない。でもいろんなひとがいるよね、それはそれで勉強になるし」

「生きてるときから仏みたいのもいるし、文字通り往生際悪い人もいますからね」

みどりはワインを口に含んで、まろやかな重みを楽しんでから言った。

「そんなの私が一番よくわかってるわ」

「ほんとにみどりさんにこんな仕事させてよかったのかって思うこともあります」

「おかしなことは何もないじゃない」

「心配するのが好きなんですかね」

「歪んでるのね。でも私は平気だから」

たしかに一般的な仕事ではないが、違法でも詐欺でもない。クライアントも自分たちも、お互いが納得してやっているのだ。相手が良ければ高級な民生委員のようである。相手に下心があればそれは性行為のない出張風俗ともとられるし、ガイドラインも読まずに騙されたと言い立てる者もいる。万が一手でも出せば待機していた八重樫が出て来て威圧する。

どうして八重樫はこんな商売を考えついたのかはわからない。

かつて自動車教習所の教官だったみどりは、五十歳を過ぎて「見舞い屋」の仕事をしている。仕事はすべて八重樫が取ってきて調整する。首都圏と北関東が主要なエリアで、地元の新潟はなじみの固定客ばかりである。全体でどれほどの依頼があるのか、断るような案件もあるのか、みどりはなにも知らされてはいない。事前に渡された計画書を見てクライアントのプロフィールを頭に入れて、友人知人、あるいは妻子になり代わって病棟に見舞いに行くだけである。こんな年の女で大丈夫だろうか、と最初は思ったが、入院生活で孤独を訴え、それなりの予算に応えられる顧客の層からすると、ちょうどいいらしい。「若い子とは話が合わないからつまらない」という言葉をよく聞くことは事実である。

六百四十四台の投石機が全損する瞬間を宇佐美は見ていた。

このゲームに戦闘シーンの動画はない。キャラが出て来てお色気を見せたりご褒美をくれたりすることもない。到着時刻のカウンターと結果のログを見るだけだ。武将でも兵士でも、投石機などの兵器でも、敵陣に一定以上のダメージを与えられればただちに帰還する。攻撃の移動表示が帰還のカウントダウンに入れ替わるだけである。得られるのは経験値や、奪った資源の数字のみである。

カウントがゼロになる。だが帰還のメーターは動かない。すべてが止まったままになる。

これが全損である。敗北である。ログで結果を見るまでもない。

これが武将カードであれば、レベルにもよるが二週間か三週間で自然に回復して復活するが、兵士や投石機の場合は失われるのみで、何も残らない。

宇佐美はしばらくの間、端末の前で微動だにしなかった。

終わりの光景が停止だというのは、かなわんなあ。

かれは考えていた。

すべてが白い霧の向こうに消えるとかさ、透明になるとかさ、暗転するとかならいいんだけど、まあスクラップの山を見たっていいんだけど、ポーズボタンを押したままの状態と同じというのはきつい。

たとえばこの世の終わりや俺の人生の終わりもこうだったら、かなわんなあ。これは。

燕三条の改札を出たところで、長崎みどりはスマホを持っていないことに気がついた。コートのポケットとバッグを探してみたが、みつからない。最後に見たのは新幹線に乗ってからだった。ニュースとSNSをチェックしたのだ。

電車に忘れたのだろうか。駅員に届けものがあったらと伝言だけして、彼女はすぐにタクシーに乗った。家に戻って、コートも脱がずに彼女は家の電話から自分のスマホの番号にかけた。

「あの、これはわたしのスマホではないんですが」

電話に出たのは車掌でも駅員でもなく隣に座っていたおじさんだった。

「私のなんですよ」

みどりはそう言って安堵の笑いをもらした。

「あなたが拾ってくださったのね」

「座席に、落ちていました」

「ありがとうございます。ほっとしました」

「どうしましょうか。明日の帰りでよければですが、燕三条で下りて、駅員に託しておきましょうか？」

「そんな途中下車なんて申し訳ないです。新潟駅で十分です」

そう言ってすぐに気分が変わった。

「いえ、やっぱり取りに伺いますよ……お仕事ってどちら？　もしくはホテルのフロントでも」

「三時まで新潟大学です。あとは帰るだけです」

明日の三時までなら、スマホがなくてもなんとかなるだろうとみどりは思った。

「もしご迷惑でなかったら、お仕事が終わる時間に新潟大まで伺います。お礼にお茶でもご馳走させて下さい。私、長崎といいます」

「小松ですが……いやいやそれは。それじゃあ却って申し訳ない」

慌てた口調に、みどりは少し嬉しくなった。スマホが見つかったことよりも、なぜか自分が小松に介入していることを面白いと思ったのだ。

「でも新潟大は燕と新潟駅の間なんですよ。それに私、明日は車ですから」

「うーん。じゃあお言葉に甘えようかなあ」

大学の図書館前で待ち合わせをすることになって、それから小松が「電源は切っておきます」と言った。

中身をみるつもりはありませんという意味だとわかった。


シンポジウムが終わると場の雰囲気は和やかになり、談笑があちこちで始まったが、小松はその輪の間をすり抜けるようにメンバーに軽く挨拶しながら歩いて会場となっていた講堂の外に出た。図書館前で昨日の長崎さんが待っているはずだった。拾ったものを返す、ただそれだけのことなのに、大学構内での短い距離がなにかの使命のように小松には感じられた。

長崎さんは、紺色のウールのコートを着てぴったりしたブーツを履き、図書館前に立っていた。姿勢のいいひとだなと小松は思う。かれの姿を見ると胸の前で小さく手を振った。小松もかぶりを振って挨拶を返した。

「どうも」

書類カバンのポケットから出したスマホを渡すと彼女はきちんと頭を下げて言った。

「本当に助かりました。ありがとうございます」

「や。わざわざ来ていただいてこちらこそ、恐縮です」

「お茶でも。お時間大丈夫?」

「はい。僕はあとは帰るだけですから」

駐車場に停めてあった小型のアウディの助手席に乗ると、ラジオが低く流れていて、男の車にはない、いい匂いがした。小松は「自分はあちこちで非常勤を掛け持ちしているだけのしがない研究者」であると言ってから、僻《ひが》みと自我が強く出たよくない自己紹介の例だと思った。

「何のご研究をされているの？」

「マスメディアの論です」

「すてきですね。私なんか頭が悪くて」

「いいえ、こんな人相のおやじが古新聞古雑誌の山のなかに埋まっているだけですから」

彼女は運転しながらくすっと笑った。

「なにかお仕事はされてたんですか」

現在形にするか過去形にするか迷うところだったが、もしかしたら家庭に入ってからの方が長いかもしれないと思ってそう言った。

「私、自動車教習所の教官してたんですよ」

「へえ、教習所ですか」

小松が最後に車を運転したのは、遠い昔のことである。女性とのドライブなんて数えるほどしか経験がない。ただ身分証明のためだけに五年に一度鮫洲《さめず》に行って免許更新をしている。無事故無違反無運転のゴールド免許である。

かれの記憶のなかで、自動車教習所の教官に女性はいなかった。むっつりしているか、がみがみ怒るかの違いがあるだけで基本的には感じの悪い中年男のイメージしかなかった。今は違うのかもしれない。ゆとり世代が免許を取る時代だ。大学の卒業式まで親がついてくる時代だ。教習所も変わったのかもしれない。

小さな驚きは意外なほど新鮮で、なにか大切な秘密のような気がした。

大阪支社のトイレの個室にこもって宇佐美はＬＩＮＥのやりとりをしている。今はもうアカウントを消してしまった取引先の受付嬢を思い出すが、残念ながらこのゲームに色気要素は発生しない。そもそもネット上のつき合いであるから、仲の良い者でもプロフィールはわからない。言うとしても、せいぜい住んでいる県名くらいまでだ。昼間にログインできるのは主婦や学生、自営の者が多いようだが詳しいことはわからない。会社員は夜の、大体決まった時間と土日にまとまってログインしているからそれと知れる。よそには数百万単位の課金をして怖ろしいほどの武将を育てているマニアックな連中がいるが、宇佐美の同盟にはそこまでの者はいない。

ゲームと浮気は似ていないこともない。

人から誘われて始めたわけではなかった。SNSの広告から、好奇心で新しいゲームに入ってみただけだった。以前やっていた単調なゲームに飽きてしまったタイミングではあった。しかし結果はリアルの浮気と同じことになった。軽く遊ぶつもりが止められない。まさかそれが五年も続くだなんて、わかっていたら始めなかっただろう。いやわかっていたら、「うさぴょん」なんて恥ずかしいハンドルネームは選ばなかった。新人ならともかく、皆に知られて変えられなくなってしまい後悔もしたが、さすがに最近は開き直っている。

モチベーションが上がらない時期も長かった。つまらなくても日々のイベントを黙々とこなし、惰性で続けているうちに数名のメンバーと仲良くなり、スカイプで連絡を取り合うようになった。そのなかで小規模な独立同盟を作りたいという意見がまとまり、盟主をやってくれと渇望され、引き受けざるを得なくなったのだ。

かれはログを開いて戦況をチェックした。敵対関係にある二つの陣営の間に領地を置いている同盟員の dodoitsu が攻撃を受けている。

「同盟員の上位十名までは俺んとこに、それ以下は全員dodoitsuに援軍するように。優先順位一番でやってほしい。援軍は兵士だけでなく武将付きでって指示してくれ」

「わかりました」

「そういえば怪王丸、最近見てないな」

「そうですね。いつ見てもいないです」

「あいつ軍師のくせになにやってるんだ」

「病気じゃなきゃいいんですけどね」

「ばっくれたのか？」

「そう言われればちょっと気になることがあります」

「なに」

「軍師変な場所で領地取ったり破棄したりしてるんですね」

「早く言えよそういうことは」

「もしかしてスパイ？」

「頼むから中でそういう言葉は使わないでくれ」

「統制が乱れるからですね」

「そういうこと。悪いけど会議だからまた夜に」

なにやってんだ俺は。

うさぴょんとか言う名の俺は。

ばかばかしい。

宇佐美はトイレの個室を出て、会議室に戻る。戻れば戻ったで香川営業所と姫路営業所の売り上げ前年比の落ち込みについて「一体なにやってたんだ」と問わねばなるまい。

そういう役目だから仕方がない。


元知事公舎だった和洋折衷の建築をカフェレストランに改築した「ネルソンの庭」でコーヒーを飲みながら、みどりは小松が独身で品川区の実家に住んでいること、実家に住んでいる理由はかつて犬猫文鳥を飼っていて世話をするのがかれの役目であったこと、などを聞いた。文鳥はみどりの母が好きで子供の頃飼っていたので、意気投合とまではいかなくても、共通の話題となった。

同い年であるとわかった瞬間、小松の顔がぱっと明るくなった。そのあとは「何年頃なにがあって」という話題が、「二十歳の頃でしたよね」とか「まだそのときは高校生だったかな」という共感に変わった。

みどりはあまり自分自身のことは言わなかった。小松に問われて、一度は結婚したが今は一人でいることのみを話した。「見舞い屋」についてはもちろん黙っていた。

小松は一見どこにでもいそうな中肉中背のおじさんといった風貌だったが、よく見ればスーツもコートもかなり仕立てのいいものだった。シャツは体に馴染んでいてネクタイの趣味も悪くない。いい物にこだわる、というよりもいい物を選び、着ることになんの迷いも疑いも持っていないのだと知れた。力みがないのだ。都会のひとだなあ、とみどりは思う。

ふてくされたような表情だが案外率直に話す小松は、なんだか自身の扱い方を知らない子供のようにも見えた。このひとは滅多に笑わないタイプのひとなのだと気がついてからは気が楽になって、気がつけば二時間も話し込んでしまった。

みどりは小松を新潟駅まで送っていった。新潟駅のそばに車を停めて小松を下ろしてから初めてスマホの電源を入れた。八重樫からのメールが三本も入っていた。

八重樫が妙なところに敏感なのは今に始まったことではない。こちらの都合が悪いときに限って立て続けに連絡してくる癖がある。

宇佐美は会議の翌朝、大阪支店長の案内で有力な蓄電代理店を何軒か表敬訪問し、最後の一軒と梅田で会食した。新大阪で支店長の車を下りたのは午後二時近くなってからである。中途半端な時間だった。これから東京に戻っても直帰するわけにはいかない。

指定席を取った新幹線までの間、かれは待合室でゲームの画面を開いた。dodoitsu の城は午前十時半に破壊され、敵の配下になってしまっていた。敵の大群がおしよせる間際の時間にかれ（もしくは彼女）は悲痛なコメントを連発している。

「もうすぐ落城です」

「皆さんお世話になりました」

「ご武運を！」

それに応える仲間の声も残されていた。

戦局は拡大する一方のようだった。宣戦布告も受けていないのに、宇佐美の同盟は巻き添えを食ったかたちで理不尽な侵略を受けていた。配下になった dodoitsu のすぐそばに領地を持つウラヌスも今まさに攻撃を受けている。

相手の盟主に、どういうことか問いただささないといかんなあ。めんどくせえなあ書簡書くの。嫌いなんだよそういうのリアルでも。そう思うとあくびが出る。

「盟主、敵が本拠地に隣接してしまいました。もう僕のところは武将も残ってません」

ログインしているのを見たらしく、ウラヌスが話しかけてきた。

「籠城セットしてるよな?」

「一度は凌げますが二度目は無理です。籠城明けに敵襲が三発入っています。多分二発目か三発目が投石機です」

「そうか。必ずあとで助けに行くからな」

「非力ですみません。悔しいです」

みんなよくやるよなあ平日の昼間っから。俺もだけど。

そんなことより551の豚まんを買って帰ろうじゃないか。

新幹線を下りて山手線のホームに向かうと、長身のビジネスマンが土産の袋をぶら下げて立っているのが目に入った。一度すれ違ってから足を止めた小松は、突撃するような勢いで進んできた人々とぶつかりそうになりながら戻って声をかけた。

「うさちゃん」

「おお、久しぶりですねえ」

宇佐美は飛車のように角張った顔に満面の笑みを浮かべた。元気そうだ。二人はやって来た電車に並んで乗り込んだ。

「出張？」

「大阪支社です。小松さんも？」

「僕は新潟から帰ってきたとこ」

そう言ってから、うきうきした気分が言葉に出ていないかと、気にした。

「へえ新潟。雪、どうでした？」

「市街地は全然問題ないよ。湯沢とかあの辺だけだね」

「へええ」

「うさちゃん最近、来ないじゃない」

小松は親指と人差し指で杯をくいっとあげる仕草をしてみせる。

かれらはずいぶん昔から同じ飲み屋の常連だった。最初の数年間は会えば話す程度だったのがいつの間にか仲の良い同僚のようになってしまったのである。

「ああちょっとここんとこ」

宇佐美は言葉を濁した。

「でも年内にまた行きますよ。これで一段落ついたとこですから」

「選挙だのなんだので慌ただしかったもんねえ」

「なんでこの時期にやるんですかね。うちの会社にも候補者が挨拶に来ましたよ」

宇佐美が勤めている蓄電会社ならそりゃあ政治家だって来るだろうと思う。

会社の最寄り駅の新橋で宇佐美は山手線を下りた。小松は、家に帰るだけである。頭のなかで中断していた作業を再開する。宇佐美と話していた間だけ隅においやっていた長崎みどりとの会話をお気に入りの動画のように再生するのだ。

三十歳の自分のことは思い出せても、十八歳の八重樫のことは覚えていない。教習所には十八歳になりたての不良っぽい少年が鰯の大群のように押しよせるからだ。見た目も態度もそっくりなかれらの個体識別など不可能である。

八重樫によると、みどりは三回指導したらしい。

「クランクと縦列駐車、あと路上でも一度ありました」

「悪いけど覚えてないよ」

「でも助手席からのハンドル操作で、バックでクランク抜けたことありますよね。あのときって俺ですよ」

「そういうこと、たまにあるけど」

前の車が妙な乗り上げ方をしていたりすれば、クランクでもS字でも、助手席からハンドルを取ってバックで戻ることはあり得る。教習時間が勿体ないからだ。教習所に来たばかりの少年なら「すげえ」と思うかもしれないがみどりにとっては単に職務上必要な技術というだけである。そんなことをいつまでもひきずる方がおかしいと思う。

もっとおかしいと思ったのは、八重樫が教習所にみどり宛ての年賀状を何年も送り続けてきたことである。「就職しました」「新車買いました」「今年は資格をとりたいです」などといったたわいもない文章が添えられていた。ストーカーかとも疑ったが、それ以上のコンタクトもなく、放っておいたら、いつの間にか途絶えた。

再会、というよりも八重樫を人物として認識したのはずいぶん後になってからだった。たまたま知人と一緒に入った居酒屋で働いていたかれから声をかけられたからである。

「長崎先生ですよね。自分は教習所でお世話になった八重樫です」

え、これが年賀状の子？　と思った。

手際よく空いた皿を下げながらかれは笑顔で言った。

「いつかお会いできると思ってました」

思っていたようなタイプではなかったのでみどりはほっとした。そして友人が化粧室に入ったタイミングで連絡先を渡された。なぜ、そのあとメールしたのだろう。なぜそのまま放っておけなかったのだろう。

夕方の講義を終えて、小松は武蔵小山の駅前にある居酒屋「たられば」に入った。来週は最終講義、年が明けて試験である。まっすぐ家に帰るのが嫌なときには大体ここに来て、ボトルの焼酎を飲む。生まれたときからこの界隈から動いたことがない小松だが、店員が顔と名前を覚えていてくれる飲み屋はほかに二軒しかない。以前はほかにもあったのだが、代替わりしたり別の店に変わったりして少なくなった。

先客は三人連れの男女と、小松が以前から煙たく思っているじいさんだけだった。小松はじいさんに話しかけないが、じいさんはのべつ大将に話しかける。したがって小松は一人で飲むことになる。うさちゃんでもいればよかったのに、と思いながら、手羽先と湯豆腐をつまんだ。

大学教員と言えば聞こえがいいかもしれないが、非常勤講師の現実は厳しい。学生の方がよほど実入りのいいアルバイトをしているのである。かれは三つの大学を掛け持ちしているが、四コマを合計しても月収は十五万円に満たない。交通費は出ても研究費は出ない。それ以上授業を入れられないのは、声がかからないせいもあるが、授業の予習と論文を書くので目一杯だからである。その上試験の採点や成績をつけるのは、勉強するよりずっと手間がかかる。それでも若い頃はまだ、いずれどこかの専任教授になりたいという希望があった。今はもう無理だろうとわかっている。なるやつは簡単になるし、なれないやつはどんなに研究でがんばってもなれないのだ。そういう世界なのだ。

「そりゃ好きなことで食ってるんだから仕方ないじゃないですか」

と、うさちゃんは言うが、かれだって決して仕事が嫌いというわけではないのである。うさちゃんが会社の話をするときの口調は「これがまた、けっこう手がかかる女なんですよ」とのろけるときと同じトーンである。それでいて結婚もして実家のそばにマンションも買い、娘が二人もいる。あんな、将棋の駒みたいな顔してるくせに自分にないものを、うさちゃんは全部もっている。もっているやつはもっているのだ。もちろんそれで僻んだり、うさちゃんのことを貶《けな》すつもりはない。あれは気持ちのいい男だから。

こんな薄給じゃ家族を養うことも子供を持つこともできない。しかし結婚できなかったのは、そもそも自分にそれだけの魅力もやる気も備わっていなかったからだ。実家から出なかったのもペットの事情があったわけだし、それも自分の責任である。なにかそういう覚悟をする、という機会を持たなかった。それについての諦めはついていたのだ。

これはうさちゃんではないけれど、最近気に入らないのは、「人生は一度しかないんだから」と言うやつのしたり顔だ。

こんな人生二度とあってたまるか。

「小松さん、なんかいいことあった？」

唐突に大将が言ったので小松は面くらった。

クリスマスから年末年始にかけて「見舞い屋」はとても忙しい。最も深い需要がその時期に集中するからだ。正月を病院で過ごすのはさびしいものである。軽症の患者は家族に付き添われて外泊してしまい、動きが取れない者と帰る家のない者だけが残される。十二月は亡くなるひともほかの月より多いようだ。大部屋で寝てばかりだったひとの周りが突然慌ただしくなり、ストレッチャーが来て搬送されて、そして戻ってはこない。

個室で入院している者にも外部の静けさが否応なく忍び寄る。人影の少ない病院にいる者は、家族にせよ友人にせよ同僚にせよ、繰り返し身近な人間の不在を数えるしかない。

嘘でもいいから誰かに来てほしいという切実さに、嘘を提供するのがみどりの仕事である。「お世話になった部下の妻」や「こんなときにしか休めない後輩」や、「正月で故郷に戻ってきたから見舞いに来た古い友人」を演じる。懐かしい雰囲気が商品なのだ。

「大晦日だけは消灯が十二時になるんだよね」

妻に先立たれたクライアントが言う。

「コミュニティルームで紅白見るんだけど、それも人数がいないからかえってさびしくてね。日付が変わっておめでとうなんて言っても、ちっともめでたくないわいね」

子供も孫もいるのに、滅多に見舞いには来ない。それは自分が家族を顧みずに働いてきた因果だから、と言う。力のない瞼から、驚くほどきれいな涙が一粒流れて、枕カバーに染みこんでいった。

「またいつでも、呼んでくださいね」

リピーターには応じるが、トラブル防止のため同じ病院での掛け持ちは避けている。

今日の予定は聖路加病院、逓信病院、女子医大東医療センターである。二日は柏のがんセンターから埼玉県内を回る予定だ。八重樫の黒いレクサスのトランクには、数種類の段ボール箱が入っていて、そこには菓子やきれいなタオルや本といった無難なお見舞いと、個別にリクエストされた別注のプレゼントが詰め込まれている。かれは自分のことを「代引きのサンタクロース」と称している。

元旦の盟主うさぴょんは退屈していた。

年末年始はゲームも休戦モードで、敵地へのすべての攻撃が無効となる。敵の配下になった同盟員の救出に向かいたいところだがそれもかなわない。せっかく時間があるのに大戦争をじっくり分析しても時間は余る。

上の娘は大学の友達と九州旅行に出かけていて、下の娘は高校の友達と初詣に行ってしまった。かみさんはニューイヤー駅伝を見ている。宇佐美は、ちょっと出かけるわ、とリビングに一声かけ、出してきてと頼まれた年賀状を数枚持って外に出た。

正月だからどこが開いているのかもわからない。とりあえずアーケード商店街のパルムを歩いた。やはり閑散としている。チェーンのコーヒー屋じゃ芸がないと思いつつぶらぶらしていたら、洒落ているけれどクラシックな感じもするカフェが開いていた。普段なら若者に気を遣って避けるかもしれないが、正月だしいいかと思って入った。落ち着く席を探そうとしたら、見慣れた姿が新聞を読んでいる。

「小松さん、おめでとうございます」

珍しい店に宇佐美が入ってきた。

「ヒマですね正月ってのは」

「まあね。今年もよろしく」

小松がコートをどけると、宇佐美は正面にどっかりと座り込み、メニューを見ながら言った。

「帰省で移動してるひとだけだろうなあ忙しいのは。うさちゃんとこ家族は？」

「うちは常に別行動ですよ。娘たちは旅行と初詣。かみさんはテレビ」

「束縛がなくていいじゃないか」

「ですかね。小松さんとこは妹さん帰ってきたの？」

「それがさ。うちの妹いい年して、正月早々母親とけんかしててさ。面倒くさいから出て来たんだよ」

妹は旦那の転勤で秋田に住んでいる。こういうときしか親孝行できないんだから、滅多に帰れないんだからと張り切ったのが裏目に出て、正月早々台所の使い方で母親と大げんかになった。旦那と遊んでいた四歳の姪がつられて泣き出してやかましかったので逃げ出したのだ。押しつけがましい妹の態度に母は専業主婦としての自分を否定されたと思ったようだった。お客さんなんだから大人しくしていればいいのに、と母親が思うのもよくわかるし、もう年なんだから正月くらい娘に任せてゆっくりしてほしいと妹が思っているのもわからなくはない。実の親子でさえこうなのだ。嫁姑問題も、結局そんなところから発生するのかもしれないなあ。できた嫁なら違うのかなあ。うん。


「いや実はさ、えーと」

店員が宇佐美のコーヒーを運んで来ると、がさがさと新聞を畳んで小松が身を乗り出してきた。

「年賀状もらっちゃって困ってるんだ」

また変なことを言い出したぞ、宇佐美は次の言葉を待つ。

「前に礼状もらってて、それに返事しなかったら年賀状が来て。それも手書きで丁寧なやつ」

「年賀状で困るってこたあないでしょう」

「もちろん返事を書けばいいんだけど、それだけってものなのかね。礼状ももらいっぱなしだし、なんか気が利かないとか思われないかね」

「小松さん、元々気が利かないでしょ」

「それはそうだけど。お酒までいただいちゃったしなあ。でもこのままだとこのままだよなあ」

あら珍しい、と宇佐美は思う。

どこでどんな女と知りあったのかわからないが、要するになんとかしたいってことか。

小松さんの口からそういう話が出て来たのなんて初めてじゃないか。結婚できないって愚痴なら聞いたことあるけれど。

「どんな子なんです？」

宇佐美は期待を持って聞いた。

「子っていう感じじゃないよ。大人だから」

「かつての教え子とかじゃなくて？」

「いや、忘れ物を拾ってね。お茶飲んだだけ。そのひとも昔文鳥飼ってたっていうんで、そんな話してね」

「文鳥ねえ。渋いっすね」

渋すぎてついていけないと宇佐美は思う。かれのなかでは文鳥も俳句も盆栽も同じ箱に入って押し入れかなにかに突っ込んであり、その箱は一生開けないような気がする。

「なんでクリスマスを使わなかったんですか」

「ええ？」

小松は顔を洗っていないことを指摘された子供のような顔をした。

「プレゼント送ればよかったじゃないですか」

「そんな。不躾だと思われる」

「あのねえ」

宇佐美はなんだか自分が男のおばさんみたいだと思いながら言った。

「女ってもんはね、どんな強がりでも生まれてこのかた一度ももてたことがなかったようなんでも、誕生日とかクリスマスは無視できない生き物なんですよ」

「そんなことないだろ。若い子ならいざ知らず」

「いやいやいや。積極的なのは若い子だけど、年とったたって一緒ですって。最後の瞬間までサプライズ期待してたりするんですよ」

「詳しいな」

「そりゃ、家に女しかいませんからね」

「外にだっていたくせに」

正月早々とんでもないことを言う。

「やめてくださいよこんなとこで」

「まあでも、クリスマスなんて過ぎたことだし仕方ない」

「それじゃだめです」

宇佐美は引き下がらなかった。

「今からでもプレゼント送りましょう。『お礼のお礼』でいいじゃないですか」

「物を贈るなんて、気味悪くないか」

「だいじょぶだいじょぶ。そうだ小松さん」

「うん？」

「渋谷行きましょう。これから」

「渋谷ぁ？　元旦だぞ、どこも休みだろ」

「いやいや、これがそうでもないんですよ」

宇佐美はそう言って立ち上がり、新聞は置いてってもいいでしょ、という目で小松を見た。小松は照れているのか、ぶすっとした面持ちでついてきた。


目黒線も空いていた。

「いくつのひとですか？」

「偶然だけど、同い年なんだ」

「誕生日は聞いたんですか？」

「そんなの、聞けるわけがない」

五十二歳カップルか。普段ぴちぴちの女子大生に囲まれてるってのに、そっちか。熟女好きだったのか小松さんは。

まあ熟年が同窓会で再会して浮気に走る話は聞かないでもないし、熟女でもすてきな人はいるだろう。いるにはいるだろう。しかしそんなのはほぼ人妻だし、なにか理由があってひとりだったとしても希少な存在がこんな冴えないおっさんのところに廻ってくるなんてことは、にわかに信じ難い。

「小松さん、そのひと美人？」

「ん、まあね」

珍しくほほを緩めるのを見て、この野郎と思った。

「そうだうさちゃん、聞いときたかったんだけど」

小松が声を潜めた。

「なんでしょう」

「その、ある程度の年齢の女性って、その。えーと……うさちゃんちは奥さんと、どう？」

ああそっちの話かと宇佐美はすぐに気がついた。

「うちは部屋も別だしもう十年くらい他人ですけど。特に心配することないんじゃないですか？」

「そうなんだ」

「まあでも個人差あると思うから、相手に合わせてあげれば」

目黒駅で山手線に乗り換えるとき、小松の満足そうな表情が少しだけ気に障った。


正月の渋谷は、ただ単に休んでいるテナントが多いというだけでなく、ふだんとは人口密度も年齢分布も違っていて、その不安定なバランスは萎れかけた花のようだ。この地にとどまっている外国人が街角に立って、ぼんやりともてあましたような表情を浮かべているのが目についた。

「西武デパートだけは、やってるんですよ元旦から」

地下の食料品売り場への階段を下りながら宇佐美が言うと、小松は呟いた。

「男二人でデパートなんて、おかしいよな」

あんたのためでしょうが、と声を張り上げたくなったが我慢する。

宇佐美はさっさと歩いて行って妻や上の娘が好きそうなパッケージの菓子を物色した。こういうときは味やグレードではない、見た目である。気持ち悪くならないためにはお茶目さが必要だ。

気がつくと小松の姿が見えなかった。フロアを横切って探しに行くと、総菜コーナーの前でニコニコしている。

「小松さん」と声をかけると、振り向いて、

「中華もいいね」などと言う。

「よかぁないでしょう。ちょっとこっち来て下さい。俺が探しましたから」

渋々財布を出して商品を購入し、デパートから直送しようとする小松を宇佐美は引き留めて、お手紙書くんですよ、とまたおばさんのようなことを言わねばならなかった。

「カードも買いに行きますか?」

「ミュージアムショップの絵はがきならあるけど」

「あ、それがいいですね。さりげなくて」

「でもうさちゃん。僕、書くことなんてなにもないよ」

「小松さんとこの学生だってみんな何も書くことなんかないのに答案用紙埋めてるでしょうが」

「そりゃ学生の本分は学問だもの」

「一言でいいからなんか書くんです」

外に出るとぼたん雪が、意外に激しく降ってきた。正月と言えば晴れているのが相場なのに珍しい。ビニールをかけてもらったデパートの包みを大事そうにかばっている小松を見て、これじゃ雪も降るわと思う。


「ほんとうのアドレスを教えてくれ」と言われることがある。

「個人のってことですか？」

みどりはわざと困惑の表情をつくって言う。

「そういうのは教えたらダメって言われてるんです」

それでもせがまれれば、教えるためのアドレスは用意してある。実際にメールを打つかどうかではなくレアな情報を手に入れて並べることが嬉しいのだ。病床にあっても女のアドレスが増えることに満足するのだ。もちろんそのアドレスは八重樫が管理していてみどりがクライアントからのメールを見ることはない。どんな返事をするのか、聞いてみたことがある。

「定型文ですよ」

ばかばかしいという顔で八重樫は言った。

「しつこいやつは『お客様の投稿は当社のガイドラインを超えたため削除させていただきました』でいいんです」

休戦モードが明けて二日経って戦争は決着した。

巻き添えを食った同盟員も戻って来た。

全損した宇佐美の投石機も作り替えがすすみ、遠征と砦攻略も終盤を迎えつつある。

不足がちだった寄付も少しずつではあるが向上し、同盟のレベルは上がってきた。これでなにもなければ、各々が拠点の内容を充実させて資源を貯め、イベントに群がり、約四ヶ月間という単位の一つのゲームの残り時間は、武将カードのレベル上げというお決まりのパターンである。

このあたりで宇佐美は飽きる。

いや、もうずっと前から飽きていたのだ。

盟主なんてつまらないものだ。本音を言えば退屈を紛らわしてくれるもめごとや大惨事を待っているだけなのだ。投石機の大破だって、あれはあれでカタルシスがあった。かれの本拠地には、防御力の高い兵士がぱんぱんに詰まっている。逆に言えば身動きがとれず、重たいことこの上ない。ぺらっぺらの安いカードでも、速度の速い武将をたくさん持っている遠征班が羨ましくなる。なんなんだこの膠着状態を楽しむゲームは。

明日は仕事始めか。

「来期は盟主なんかしないぞ」

かれは、ネカマのしおんちゃんに愚痴を吐く。

「うさぴょんさん、それ病気ですから。いつもの」

もちろんオフで会ったことなどないからどんな男か知らないし、そもそもなんでほかの連中に対して女としてふるまっているのかも理解しがたいが、かれが明け方の端末の向こうで笑っていることだけがわかる。多分そんな、はかないコミュニケーションに意味があるのだろう、このゲームは。

出かけようとしていたところに宅配便が届いた。差出人の欄に小松尚という名をみつけて、みどりは驚いた。急いで梱包を開けると、紅茶と焼き菓子のセットだった。有名なメーカーのものだが、限定仕様なのか缶のラベルには可愛らしい文鳥のイラストが描かれていた。シナモン文鳥だった。みどりは笑顔になった。同梱されていたマティスの絵はがきの裏面に几帳面な字で短い文章が書かれていた。

「長崎みどり様
年賀状をありがとうございました。お酒のお礼もすっかり遅くなりましてすみません。
近々また新潟出張があると思いますので、もしお時間があればよろしくお願いします。
小松尚」

男のよろしくほど意味のわからないものはない。思惑があるのか、惰性なのか。

みどりは、絵はがきをバッグのなかにそっと入れて家を出た。

車に乗ってしばらく走ってから、彼女は気がついて笑い出した。

これ、誰かの差し金だわ。

こんな気の利くこと考えつかないでしょ、あのひとは。

女友達なのか誰なのかわからないけれど、ふてくされたような表情の小松が助言を受けているところを想像した。

新幹線で話したのは会ったうちに入らないかもしれないけれど、「ネルソン邸」でお茶を飲んだときには、冷静で合理的な考え方をするひとだと思った。余計なことには手を出さないどころか、「余計なこと」そのものを嫌っているのではないかとも思った。

差し金があったにせよ何にせよ、根底に確信めいたものがなければ、小松さんはこんな真似しないのではないだろうか。直感だが、間違ってはいない気がした。

今どきっていうのはどこに行ってもLEDばっかりでつまらない。

国会図書館の帰り道、ゆっくり歩きながら小松は考えるのだ。光が均一で紙の質感も厚みも別のものになってしまう。薄めたネオンの下にいるみたいでくつろげないんだよなあ。情緒ってもんがない。インフラの部分は仕方ないけれど、家の読書灯はあれは失敗だった。

ロウソクやランプの暮らしから蛍光灯に変わったときにも、影がないというのでたしか大不評だったわけだけど。

どこでそんなことを読んだのかは忘れた。家に戻ったら探してみよう。でも僕は蛍光灯も悪くないと思うな。あれで育ったからだろうけれど。最近めっきり見なくなってきた。蛍光灯のいいところは、点くときに弦をやわらかく叩くような音がすることだ。それに寿命が近づいてくると端の方が紫色のような、腐りかけた感じに染まる。そのときになって、こいつも生きていたのか、と思うのだ。

昔の夏の夜の台所をかれは思い出す。

すっかり古くなって点滅を繰り返す蛍光灯がとうとう切れたとき、残像に残ったのは大きな蛾の姿だった。たしかにあれはそこにいたはずだが、電気が切れてしまったあとの台所では確かめられない。

人生の終わりってあんな感じかもなあ。

物にも寿命があった方がいいように、僕は思うんだけどなあ。


そんな話を、「たられば」にちょくちょく顔を出すようになった宇佐美にすると、かれは言った。

「アナログなんですよ。なにしろ俺たちは目蒲線のままですから」

「そうだな」小松は思わずため息をついた。

「目黒線になって良くなったって思うべきなのかもしれないけど、なんだか裏切られたような……いや逆だな、多摩川線を裏切ってしまったような感じがあるな」

目黒と蒲田を結んでいた目蒲線が分割されたのは二〇〇〇年のことだった。多摩川—蒲田間は多摩川線として三両編成のワンマン運転になった。目黒線はといえば目黒の先は地下鉄南北線と都営三田線に乗り入れ、南北線はさらに埼玉高速鉄道に相互乗り入れしている。田園調布の先は東横線区間を日吉まで延伸している。これはとんでもない出世である。かつて「あってもなくてもどうでもいい目蒲線」と歌われた深緑の電車の面影はまったく残っていない。

とはいえ街や住民に限ってはさしたる変化もないのである。個人商店も町工場の数は減っても持ちこたえているところもあるし、昔の規格で作った駐車場から現代の自動車がボンネットを公道に突き出している風景もここ二十年くらいは変わっていない。

「そうねえ、多摩川線は軽い気持ちでつき合った女の子がお嫁に行けない子になっちゃったみたいな感じですかね」

「うさちゃん、君そんなひどいことしたの！　責任とらなきゃだめじゃないか」

小松は思わず大きな声を出した。

「いやいや喩え話ですって。下品ですみません」

店内の客が振り返ったので、宇佐美は慌てて、かれらにも少しは聞こえるように謝った。

「喩えにしても、よくないな」

小松はまだ承伏しかねる様子である。

「すみません。で、なんでしたっけ。ああそう目蒲線。裏切られたって小松さん言ったけれど、俺は分割よりも地下化の方がショックを受けましたよ。アメリカ駐在から帰ってきたら線路がなくなってたんで」

「二〇〇六年だね、ムサコは。うさちゃんがいなかったのはあの頃か」

「二年だけなんですけどね。地下化するのはもちろん知ってたんですけどいざ、出来てみるとね。いくら言葉でわかっていても、真っ平らになっちゃっててびっくりでしたよ」

「小山台高校がやけに大きく見えるようになったしなあ」

「テリトリーがおかしくなるってぇか。不思議って言うより不気味でしたよね。要素は同じなのにすごく大事なところが違ってて。寂れちゃいないんですけどね」

「これから寂れるよ。都内は。すごい勢いで寂れる」

「少子化ですもんねえ。廃墟探検できるようになりますかね」

「なるよ。それで廃墟だと思ってたところに老人がひっそり住んでたりすると、目が合ってぎょっとする」

変なことを考えてるんだな。宇佐美はくすっと笑った。

「それでも、東急沿線はまだマシじゃないですか」

「そうでもない。オリンピックの頃に出来た団地は壊滅するよ」

「俺はマンションだし、小松さんは実家だからあんまり現実的じゃないけど、どのみちムサコ出て行ったとしてもまた東急沿線に住むでしょ？」

「それはあるね。何区じゃないよな、何線だよな。西武線とか京王線とか、よそは別の都市みたいで馴染むのがいちいちめんどくさいっていうか。まあ出て行くとしたら、多摩川線でもいいよ」

「俺は無理ですね。今のところ出るんだったら西小山か、遠くて旗の台かな」

「そりゃ近すぎだよ」

苦笑する小松を見て宇佐美はちょっとほっとした。しかしいつの間に女の子に「責任とらなきゃ」なんてことを言うようになったのかこのおっさん。

それで思い出して、かれは聞いた。

「あれ、どうなりました？　新潟の」

「電話もらった」

表情は変わらないが、語尾に音符がついている気がした。


紅茶のお礼の電話で小松は、みどりのかつての結婚と離婚の話を聞いたのだった。元夫だったひととは友人の紹介で知り合い、その年ならば結婚ありきの交際だろうと思っているうちに話がすすんだこと、みどりの両親の体調が思わしくなく、教習所よりも時間の融通の利く仕事をしなければならないと思っていた時期だったこと。結婚生活は最初は順調だったが、やがて子供が出来ないことで夫の実家から責められ、それを夫がかばってくれなかったことや、両親と死別したときの冷たさが離婚の原因になったこと……楽しい話ではなかったが、みどりが信頼して話してくれていることが嬉しかった。

「苦労されたんですね」

彼女が話し終えて沈黙すると小松は言った。

「僕なんか本当に、世の中を知らなくて、恥ずかしい」

「男のひとは、好きな仕事をされているのが一番ですよ」

みどりは言った。

「まあそうですが、情けないことに薄給で誰のことも養えません」

「変なこと言いますけど」

「どうぞ」

みどりは明るい声で言った。

「年から言ったらおかしいけれど、結婚なんてずっとあとでもいいんじゃないですか？

私は中途半端で失敗したからそう思います」

へえ、と小松は思った。

もしかして、アリなのか。

「次は僕から電話しても、かまいませんか？」

みどりは一呼吸置いて、

「はい」

と言った。

「運転中で出られなかったら、折り返しますね」

電話を切ってからみどりは、八重樫の情報を小松に見えないように、小松の情報を八重樫に見えないようにしていることを思った。

小松さんに嘘をついたわけではない。

もちろんなにもかもすべてなんて話す必要はない。

人を傷つけるような嘘さえつかなければ本当のことも言わなくていいのだ、と思っていた。たまにしか会わないひとならなんの影響もないだろう。だが、今の職業のことを小松に黙っているのは、騙しているようで苦しいのだ。苦しいというか、もどかしい。話したところでわかってもらえる仕事ではない。印象がいいわけがないし、どうかしたら詐欺だと思われるかもしれない。

小松さんが自分のことを良く思ってくれているのはわかるけれど、嘘とごまかしに満ちた暮らしをしている自分はかれと釣り合わないのではないか。

八重樫が居酒屋で働いていたのはほんの数年だった。そのあとは仙台に出て、本人曰

く金融の仕事をしていたらしい。彼女が結婚相手と出会った頃には音信不通になってい
た。離婚した後、どこから聞きつけたのかわからないが連絡してきた。いつの間にか似合うようになったスーツ姿で黒いレクサスに乗ってやって来て、自分の会社で新しい部門を始めたいので協力してほしい、と言った。

「もちろん、完全に合法ですから心配しないでください」

こんな導入で心配しないわけがない。知り合いとしては良くても、合法非合法を基準に会社に入るなんて。最初はかなりの抵抗があった。しかし八重樫は何度でも東京から会いに来た。

「どうしてこんなこと考えたの?」

みどりは聞いた。

「リーマン売り抜けたんでもう働かなくていいやって感じもあったんですけど、人間やっぱり何かはやってないとね」

また別のときにはこうも言った。

「みどりさんと一緒に仕事してみたかったんですよ。そうでもしないとまたいつの間に

かどこかで籍入れちゃったりするから」

結局みどりは、根負けした。

胡散臭いと思っていた「見舞い屋」は、始めてしまえばとりたてて問題も起きなかった。たまに病室で親族と鉢合わせることがあっても、部下の娘などと言ってやりすごすことが上手くなった。給料も教習所よりずっとよかった。ただ、ひとに言うのがはばかられる仕事、というだけだった。

八重樫がそれ以上距離を詰めてくることはなかった。かれは友人でも恋人でもなく雇用主である。だが、かれの好意を利用して自分は生きている。そのことへの負い目は感じていた。


なぜか花屋の前で足を止めていたのだった。ついぞなかったことである。

映画館で今何がかかっているのか、チェックすることもあった。これも滅多にないことである。

いくらにもならないけれど、専門以外の本を古本屋に売って小遣いの足しにするかなども思った。収入が少ないと言ってもかれは実家暮らしの身である。同年代の平均年収との比較は頭にあったが、金に困っているという実感はないのだった。

新潟市内のレストランや観光もネットで調べてみた。そのページに表示されていたアフィリエイトの「見舞い屋」の広告はかれの目には入らない。

商店街や駅で、同年代と思われるおばちゃんたちを小松は観察した。明らかに、段違いにみどりの方が美しかった。それを自分の手柄のように思い込んだ。

あとは新潟に行く口実を作るばかりである。

「盟主いますか？」

珍しくムジナちゃんからスカイプで呼ばれた。

「はいよ」

「私、今期限りで引退します」

「またまたご冗談を」

「本気なんです」

ムジナちゃんは統合前のサーバーでは女盟主も務めたほどのプレイヤーである。役職にこそついていないが、同盟内でのランキングはトップクラスだ。

「同盟のみんなに育てた武将カードあげたいんです。役に立つかわからないけど、愛着あるので」

「まあそんなすぐに決めないで、来期は別の楽しみ方してみたら？　ゆるーく地味にやるとかさ」

盟主として、失いたくないメンバーでもある。

「いえ、もう決めたんです。潮時だと思って」

「潮時ね」

ムジナちゃんのきっぱりした態度が少し羨ましく思えた。

「やめられるものなら、やめてもいいのかもな」

実際しょうがないんだよなこんなこといつまでやってても。何も得るものなんてないのにエネルギー注いでも。俺はムジナちゃんみたいになれないから、同じゲームをずるずる五年もやってるわけなんだけどさ。こんなの全員感じてることだよな。いつやめるのか。いつまでもやめられないのか。

「寂しくなるな。娘を嫁に出すみたいだよ」

「えー嫁に行けたらいいなあ。でも、ちょっとリアルが忙しくなってきたんで」

「確かにリアルは大事だからな。じゃあ、今期一杯はよろしく」

リアルなんぞ充実しておりませんがな、俺は。

宇佐美はスカイプのログイン状態を「退席中」に変えてベッドにひっくり返った。

会社でもまったく同じやり取りをしているのだ。突然辞めますと言う女子社員がいる。慰留することもあるし、なんだかわからないまま退職されたこともある。何度もある。どこへ行っても同じ役回りなのだ。


二月に入って小松の父親が腹部の痛みを訴えて入院した。胆石ということがわかってほっとしたのだが、手術に立ち会うために小松は母とともに旗の台の昭和大学病院を訪れた。

ローソンで飲み物を買い、振り返って目が合ったひとを見たときに、小松は驚いて息が止まるかと思った。

長崎さんだった。

なぜ新潟からこんな場所に来ているのか、小松も驚いたが、長崎さんも戸惑いを隠せない様子だった。

「今日は、お見舞いかなにかですか」

かれは母親を意識して、はっきりとした口調で言った。

「はい。友人のお見舞いに。小松さんは？」

「父が胆石の手術なんですよ」

「いつも尚がお世話になりまして」

母は長崎さんに一言挨拶だけすると、むくれた顔のままどこかへ行ってしまった。小松は、

「入試の時期が終わったら、またそちらへ伺います」

と言い、頷く長崎さんの表情だけ頭に焼き付けて母を追った。

昭和大学病院のクライアントは高齢の口数の少ない患者だった。一時間ほど一緒に過ごした。病室を出てからみどりは、保留にしていた青ざめた気持ちを思い返した。

小松さんがまだこの病院にいる。

手術の立ち会いと言うことだから、まだしばらくかかるのだろう。それにしても。

なんで会ってしまったのだろう。偶然とはいえおそろしい。

見舞いという言い訳は、一度しか使えない。

旗の台という場所は小松さんの地元の武蔵小山からも近かったのだ。路線が繋がっていないので考えたこともなかった。

もうここの病院での仕事は断ろう。もちろん、知り合いと会ってしまった、と言えばいい。そのまま事実を言えばいい。今の仕事のことを言いたくない知り合いと言えば十分な理由になる。

だが、地下二階の駐車場で待っている八重樫はそれで納得するだろうか。かれは人の企みや隠し事に敏感だ。

八重樫に小松さんの存在を悟られてはいけない、と彼女は思った。

「事務的な説明は以上ですが、なにかご要望等ありましたらお願いします。どんなことでもかまいませんので」

怒号こそ飛ばなかったが、怨嗟のクラウドが立ち上るのが、小松には見えたような気がした。大学の非常勤講師だけを集めた新年度説明会の会場である。学長や学部長、教務担当者の挨拶の後、学内のシステム変更やネットワークの利用についての細かな説明が行われる。毎年わざわざ行くほどのことがあるのかどうかわからないが、いったいに説明は親切で丁寧であり、弁当と日当もつく。その締めくくりが毎回「どんなことでもかまわないご要望等」である。この言葉が、非常勤講師たちに決起集会とは逆の効果をもたらすのである。

黴くさいようなジャケットを着た男性講師たちも、くたびれた印象の否めない女性講師たちも考えることは同じだった。一ヶ月約三万という薄給のこと、満額ではない交通費のこと、共済にも入れない弱い立場について、失望や絶望をめぐらせるのである。

しかし誰もそのことを言い出せない。

自分が手を挙げたらおしまいだという空気もまた、怨嗟のクラウドには漂っているのである。研究が好きで、学生が好きで、やり甲斐を持って働いているという建前だけはどうしたって崩せない。その建前が唯一の支えであり、一度でも崩したら自らの人生を否定してしまうような気持ちになるからだ。だったらなぜ新卒で就職しなかった、なぜ院なんかにすすんだのか、同じ努力をするのなら資格職の方がよかったのではないか。准教授や教授などの常勤教員になれるのはごく一部なんてことはわかりきっていたのだ。この待遇も、この貧困も、わかっていて自ら選んだものではないか。そして先行きがさらに暗いことだって皆知っているではないか。

「僕だって非常勤の頃は大変でしたよ」

自分より遥かに年下の准教授から爽やかな目を向けられたとき、あるいは学生が就活した会社に蔑みを込めて「ブラック」という言葉を発するとき、非常勤講師たちはジャケットの背中のどこかで火種が燻っているような思いをしながら耐えるのである。

こんな待遇でも、代わりはいくらでもいる。あまり実社会に向いていないタイプの院卒が余剰在庫のように増えていく。だから、こんなところで人より先に手を挙げて待遇改善の直訴などということをして、次年度限りの奉職になってしまっては元も子もない。

もちろん大学側にもその空気は伝わっている。だから、教務担当も学部長も悲しい思いをしたキリンのような面持ちで立っている。

やがて、あまりの険悪さに耐えかねて誰かが遠慮がちに手を挙げる。

「駅前からのバスなんですが、スクールバスとまでいかなくても、もう少しだけ講義の時間に合うようにできませんか？　バス会社に申し入れしていただけたらありがたいんですが」

教務担当者が「ご要望を承りました」と言えば、ひっそりともう一つの手が挙がる。

「学外の授業が禁止されている件ですが、フィールドワークをゼミ以外での少人数授業でも取り入れさせていただけませんか。もちろん事前申請はしますので」

言いたいことはそれじゃないんだけど、それしか言えないんだよなあ。

誰しも思いは同じである。怨嗟のクラウドがため息で充満する。息苦しいほどのネガティブさが場を支配する。

小松もまた、わざわざ嫌なことを思い出すのだった。

昔、うさちゃんに「エンコー一回で小松さんの月給くらい稼ぐ女の子いるなあ」と言われたことがあった。

このままではどうしようもない、だがつぶしもきかない。こんな、金のことばかり頭のなかで繰り返していても、と小松は思う。

角度を変えて考えることはできないだろうか。


「新潟の研究者に会う用事があるんです、よかったらその後でも会いませんか」

そう聞いてから、ずいぶん時間が経ってしまった。

誘うだけ誘っておいて、小松さんはいっこうに日程を決めてくれない。仕事だから仕方ないんだけど、そうは言ってもこっちにも準備とか調整とかいろいろあるのに。

苛立ちまでには至らないがみどりはもどかしさを感じていた。連絡はそこそこ取り合っていたが、会う予定が立たなければ前にはすすめない。こういう関係は最初に持った好感の瑞々しさ以上のものには発展せず、摘み取った花のように容易に枯れてしまうことの方が多いのを、彼女は知っていた。

だからあのひとは独身なんだ。詰めが甘いから。

とも思った。

けれども、見限る理由はほかに見当たらず、気取ることも媚びることもなく小松と一緒にいる空間は、貴重で特別なものだと彼女は決めていた。恋というほどの感じはなかったが、手放すには惜しかった。

彼女は自分の、「見舞い屋」という仕事について小松に打ち明けることができずにいた。騙しているわけではないが、病人のさびしさにつけ込んで出前のようなことをしているのが後ろめたかったのだ。その後ろめたさを使って、八重樫が自分を管理していることも知られたくないことだった。

もっと一般的な仕事をしていたらいろんなことを話せたのに、と彼女は思う。ほぼ毎週都内の病院に見舞いに行っているにもかかわらず、自分から小松を誘うわけにはいかない。この前みたいにばったり出会ってしまったら、次はもう言い訳がたたなくなる。遠方から都内の病院に何度も行く理由などないからだ。かといって歌舞伎やコンサートに小松を誘うこともはばかられた。かれが経済的に厳しいと聞いていたからだ。

お互いに好感を持っていることは認識できているはずだが、まだ「会いたい」というだけで行動できるほどには親しくない。小松がそうなのか、新潟で会うという研究者がそうなのかわからないが、このひとたちに任せていたら日程なんていつまでたっても決まらない。自分から動きたいが、食事だけのために新潟から東京に出て行くのは大袈裟すぎる。東京で会う約束をするために何かいい理由ができないか、とみどりは考えていた。

八重樫から事業拡大の話を聞いたのはそんな時期だった。

同盟員から反発されることはわかっていたが、盟主である宇佐美は大同盟「百鬼夜行」との合流案に、さほど抵抗は感じなかった。このゲームを長くやっていればよくある話だし、さらに難易度が高くなる次の期は、今のメンバーの力だけでやっていくには無理がある。いろいろと公算が立たないのだが、そのまま言えば同盟員を傷つける。

百鬼夜行同盟からは宣戦布告状がきていた。降伏という名の合流か、それとも戦争を受け入れて全面配下で今期を過ごすか選ばせてやる、というものだった。腹を立てるほどのものではない。単に盟主が幼いだけで、ネットのゲームであるがゆえに、画面の向こうにいる相手を人とは認められずこういった物言いになってしまうのはよくあることだ。たしかに「うさぴょん同盟」より好戦的ではあるが、あちらの同盟だってモチベーションの全てが戦争、という者ばかりが揃っているわけではない。盟主補佐や軍師などの幹部には話のわかる人物もいると噂に聞いた。

婉曲に話をしたつもりだったが、スカイプによる同盟内での軍事会議は五分で紛糾した。

「盟主、なにを弱気なこと言ってるんですか。全面戦争しかないでしょう」

「理不尽な降伏なんてできるわけがない。戦争させてください」

「独立同盟でやっていけるって信じて無理してきたんです。こんなんじゃ今まで苦労した意味がわからなくなります」

「大同盟が好きなら最初からそっちに行ってます。埋もれるのは嫌なんです」

腹心の部下であり、盟主うさぴょんの一番の理解者であると思っていたネカマのしおんちゃんでさえ、

「盟主がそんな日和見だなんて思ってもみなかったんでショックが大きすぎます〜」

と言って、泣き顔の顔文字を連発した。

「戦力が全然違うんだ。戦争で負けたら今期はずっと配下のままだぞ。それでもいいのか」

今の時点で最良の選択と思われる「条件つき降伏」であっても賛同する者はいなかった。そのうちに自分の拠点に「@配下上等」「@抗戦必至」などと名前をつける者さえ現れた。

宇佐美の本拠地の座標は、百鬼夜行同盟の所有する領地とも近い。また、戦況次第では混乱に乗じた他同盟からの襲撃も受けかねないという極めてきなくさい場所にあった。そこで、過去に盟主経験のあるムジナちゃんに事情を説明し、比較的安全な場所に本拠を持つ彼女に盟主を交代してくれないかと書簡を送った。今期限りで引退したいとする意向は聞いてはいたが、ほかに頼めそうな人材がいなかったのである。

「うさぴょんさん、いろいろ大変なこととお察しします。

でも私は盟主の器ではありませんし、リアルの事情でこの時期はインできる時間が僅かしかとれません。

申し訳なく思っていますが、辞退させてください」

説得しても無駄だと一目でわかる返信だった。

やがて勢いのあるうさぴょん同盟の同盟員が以前から奪い合っていた領地を取り戻すため、百鬼夜行側に攻撃を仕掛け、遂に全面戦争が始まった。


八重樫はみどりの変化に気がついていた。ただ、それがいつ頃から始まったのかはわかっていなかった。みどりが、いままでにはないよそよそしい態度を見せるとき、かれは涼しい風に顔をなぶられるような気持ちになった。

「最近、調子はどうですか」

黒のレクサスを走らせながらかれは聞く。

「いつも通りですけど」

トゲがあるわけではないが、聞かないでくれという感じがする。

「東京来るのは負担じゃないですか」

「もう、慣れました」

助手席のみどりの笑顔を見て八重樫は、彼女が誰かに口説かれているのだと確信した。クライアントなのか、それともほかで接点のある人間なのか。

「実はね、少し業務形態を変えようと思って」

「どういうことです？」

「みどりさんのお陰で見舞い屋の方はほんとに評判がいいし、注文に応えきれなくなってきたんです。だから人を増やします。その子たちへの教育というか、引き継ぎを頼みたいんです」

「わかりました。でもそれが終わったら私、辞めさせてもらえない？」

八重樫は、

「青よ」

と言われるまでブレーキを踏んだままだった。まさかそんなことを言われるとは思っていなかったからだ。

「なにか事情でもあるんですか？」

「だってもう歳だもの。貯金もさせてもらったし、ありがたいけれど続けていくには身体もきついんです。新しいひとが来るんならちょうど潮時だと思って」

「それは困る」

八重樫は短く遮った。

「次のことをもう、考えているんです。新しいことを始めたい。需要は確実にあるし、コネクションもある。みどりさんにはそちらの立ち上げに加わってほしいんです」

「私じゃなくても、いいと思うけど」

「みどりさんじゃなきゃ、だめです。特に新規の仕事は信用して任せられるひとに中心になってもらわないと」

「でも、途中で辞める方が迷惑でしょう。キリのいいところで辞めた方がお互いのためだと思うの」

「軌道に乗るまで。その後は言いませんから」

八重樫はそう言うと、手刀を切った。

「内容を聞かないと、何とも言えないけど」

「みどりさんが不利になるようなことなんて、今までなかったでしょ。そこは信用してください」

ふとした瞬間にみどりが見せる表情の豊かさに、このひとは今ときめいているんだ、と八重樫は思う。「辞めたい」と言ったときも妙に軽やかだった。八重樫はそのときめきに共鳴した。それは苦痛を伴うものだったがかれの内で暗く輝いた。八重樫の弱点は、仕事以外に切るべきカードを手元に持っていないことだった。

嫉妬していることは十分に自覚している。けれどもみどりが仕事を続けてくれる限り、嫉妬はモチベーションに換えられる。

どんなやつなんだ。病人なのか、健康なのか。年寄りなのか、まさか自分より若いことはないだろうけれど。

そいつの顔を見てみたい、とかれは思った。

「昔はインドに行くのも流行ったし、バックパック持って放浪とか日本一周とかがロマンだったけど、今の子はそういうのはないねえ」

どこからそういう話になったのか忘れたが、今夜は理由もなく酒が楽しいと小松は思った。いつもの居酒屋「たられば」に入ってきたとき、宇佐美はスマホを気にしていたが今はもうカバンに仕舞って、焼き鳥が出てくるのを待っている。

「でも自転車の連中は元気ですよ。ヒルクライムとか流行ってるじゃないですか」

冷や酒をすすって宇佐美が言った。

「うさちゃんも自転車乗るの？」

「俺は無理ですよ。まあでも、バイクだったらいいかな。全然実現しそうにないけど」

「バイクね。バイクもいいよね」

「昔と違って道の駅も増えたじゃないですか」

「そういや昔、カニ族っていたね」

ふと思いだして小松は言った。

「カニ族？　なんですかそれ」

「あれ？　うさちゃん覚えてない？　リュック背負って旅行する連中だよ」

「バックパッカーのこと？」

「そうそう」

フレームのついたバックパックが出るよりも前の話だ。小松自身がカニ族だったわけではないが、子供の頃に見かけることはあったし、自分も大学に入ったらそういうのもありかな、と思っていたのだ。

「横長のリュックの時代ね。カニ族は夜行電車に乗って全国のユースとか渡り歩いてたんだよ。僕自身はもう少し下の世代なんだけどね」

同じ歳のみどりなら知っているだろうと小松は思った。

「ああ、あのカーキ色みたいなリュックか」

カーキ色というのも変な言葉で、ミリタリーグリーンを指したり、黄色っぽいベージュに使われたりするのである。色の名前なのに相手が想像する色を規定できない。

「後ろから見たらカニみたいだから、カニ族って言ってたんだよ」

「少数民族の名前みたいだな」

「青函連絡船とかさ、電車下りてから走らないと座れないって話、よく聞いたもんだよ」

「横に走るんですか？」

「まさか」

小松は笑った。

「カニだっていうから、集団で横に走るのかと思っちゃいましたよ」

「でも汽車に乗るときは横歩きだったたな。リュックの幅が広くて」

旅に出たいなあ。

小松は無性に思うのだった。収入がないだの老後が心配だのと言って、実家に居座ったままどこにも出掛けない自分をひどく不自由に感じた。

「あの頃の日本人って、今と別物みたいだったよな、昔がいいとかじゃなくて」

「どういうとこが？」

「駅とか空港で見送りとかしてたよねえ。従兄弟と旅行のときなんか、伯母さんが冷凍みかんとお茶買ってくれて、ホームどころか電車の中まで入ってきてさ」

「ああそれはなんとなく知ってる。お見送りのお客様は降りてくださいとかなんとか」

「そうそう。今はないもんね」

「俺はあれが好きでしたね。えーと紙コップが折りたたみで平らなやつ。銀色の給水器から飲む水が冷たくて」

「今はもうないかな」

「めっきり見ませんね」

旅に出たいなあ。みどりを誘えないかなあ。

時折飛来するその考えは、小松の脳裏を快い響きで埋めているだけで、現実のアプローチには結びつかない。

「今となっちゃ、贅沢だよなあ旅行なんて」

「彼女と行けばいいじゃない」

宇佐美は小松の妄想を見抜いていたかのように言う。

「うまくいってるんでしょ？　新潟の彼女」

「まあ連絡はしてるけど。遠いし、なかなかねえ」

旗の台の病院で鉢合わせしたこと、そして、何となく会う予定がたてられないことは言わなかった。

新しく採用された四十代、五十代の女性たちに同行して病院をまわる日々が続いた。一人のときは感じなかったことだが、「見舞い屋」という商売は、意外に難しいのかもしれないとみどりは思うようになった。

女性が来るというだけでクライアントが喜ぶのは最初だけなのだ。リピーターになればこちらの対応や話題の質が問われるようになる。深い話にもなってくる。病や死への恐怖や不安もある。入院生活そのものをもてあましている患者への対応は簡単ではない。

当たり前の話だが入院患者だから気持ちが沈んで、厭世的になっていることもある。イライラしている日もある。世間のことに関心があるとは限らない。病院食の相手にグルメの話は避けた方がいい。肉体的な接触を求めるクライアントにはやんわりとかけるブレーキを楽しい駆け引きに換え、癒しを求めているクライアントには穏やかに寄り添う。

するべきことは相手が話しやすいように相槌を打つこと、そしてちょっとした気遣いで喜ばせることだけなのだ。生活の手伝いをするわけでもない。食事やアルコールを共にすることもない。性的なサービスもない。ただ、何度も会っているうちに、誰も証明できないような些細な記憶を書き換えてしまうことだけはできる。

八重樫が採用した女性たちは、彼自身が過去に経営していた風俗店の出身者で、商売は商売とはっきり割り切った方がいいという考え方を持っていた。

「あんなんじゃ話なんて続かないですよ。毎回同じじゃないですか。よくわかんない病気のことばっかりだし」

ミーティングがてらの食事会で、フミヨさんに言われて、みどりは答えた。

「慣れですよ。私も最初はどうしていいかわからなかったけれど、そのうち自然に対応できるようになります」

サエコさんはみどりのことを信用しかねる、といった顔をしていた。

「何度も繰り返しせまられたときって、ほんとに断りきれるんですか？　断るのって結構気を遣うし、虚しくならないですか」

「役割が、違うと思うの。私たちはクライアントさんのことが好きなんですって役割だから。好きですけれどダメですよって。そう思ったら断られても、相手だってだめもとなのは知ってるんだからそんなに悪い気分じゃないでしょ」

「それって芝居ですよね」

みどりは頷いた。

「もちろん、恋愛ごっこだけど、それ以外になにがあるの？」

「ですよねえ」

サエコさんがため息をつく。

「疲れますよね」

「たしかにくたびれるよね」

みどりはなんかもっと食べようよ、と言ってメニューを手渡し、ゆっくりとした調子で続ける。

「サエコさん、ほんとのことなんてどうでもいいんです。都合のいい記憶が用意されてたら誰だってそっちを選んで書き換えるんだから」

「ほんとのこと、かあ。たしかに病気だったらつらいし、今が一番イヤなら、書き換えてもいいいかも」

「昔オレはモテたんだって気持ちにさせてあげようよ」

「あ、それならわかります。同窓会で、あいつ昔おまえのこと好きだったんだぜとか言われたら嬉しいもの」

「嫌いな相手だったら気持ち悪いのに、女って勝手だよね」

サエコさんの顔にはじめて笑みが浮かんだ。


敵の同盟「百鬼夜行」は、同盟員の総数が三倍以上、砦の数は三桁、早い時期から上級兵の生産を始めていて、戦力も宇佐美の同盟とは雲泥の差である。

「もうさ、俺本拠地からっぽにして援軍も全部返して、領地もじゃんじゃん破棄して籠城とかやめて、それで終わりにしない？　どっちみち負けるなら傷が浅い方がよくね？」

宇佐美はそう言いたかった。だが、果敢にも敵陣に攻め込んで戦時砦を建てる者、大量の援軍を送りつけてくる者、盟主である宇佐美の本拠地のそばに防御砦を建て始める者がいた。一時期怪しい動きをしていると疑われた軍師の「怪王丸」や砦攻略で出兵ミスをした「蛇口」もそのなかに含まれていた。かれらの動きを見ていると、やめようぜ、と言うわけにもいかなくなった。

結局、盟主うさぴょんが同盟員全員に発信した書簡は次のようなものだった。

「百鬼夜行との戦争について

戦況にかかわらず内政を充実させること。

上級兵の生産に備えること。

遠征訓練所のレベルアップ。

援軍は盟主への盾兵三百のノルマ達成のこと。

敵地への攻撃は立地次第でもあり、同盟員各々の意思を尊重する。

本拠が隣接された場合は即時掲示板に記入のこと。

百鬼夜行同盟並びに他同盟の不穏な動き、その他の件については盟主、盟主補佐、軍師、大督へ連名書簡にて逐次相談のこと」

これでは不甲斐ないと思う者もいるだろうが、盟主は非アクティブな同盟員、非戦主義の同盟員をも守らなければならないのだ。

昔の俺だったら率先して前線に飛び出していってただろうなあ、とかれは思う。戦争で勝っても、今はもう面白くもないし負けても昔ほどの悔しさはないのだ。細く長く続けていくことを主眼に置くと、楽しさは薄れる。

敵は急いではいなかった。かれらは戦争を楽しむつもりだった。要所を押さえ、戦略を温め、そして時が来ればオオカミの群れが狩りをするように一気呵成に攻め込むつもりなのだ。

宇佐美はあくびを一つして、パソコンの画面を閉じた。

新潟在住の研究者に会いに行くなどというのはもちろん口実で、実際にそんな予定などなかった。それでも、みどりと新潟で会うという約束が出来た時点で小松は安心してしまった。かかりきりだった論文を書き終えたあと、ふわふわと機嫌の良い日々を過ごすうち三月は終わってしまった。慌ててスケジュールを見直し、みどりに連絡をとったのは新年度の講義が始まってからである。

「新潟に行く日程が決まりました。急な話で恐縮ですが今週末、土曜日のご予定はもう空いていないでしょうか」

メールを送ってしまってから、嘘の口実など作らなければよかった、とかれは後悔した。なにもなければ昼から一緒に出かけることだって可能だったのに、人に会うという設定では夜しか会えないではないか。まさか夜通し一緒に過ごすことを提案するわけにもいくまい。かれは上越新幹線の時刻表をとっくりと眺めた上で改めて、

「先方との会合は遅くとも十五時三十分には終わります。場所は新潟市内でもいいですか？　もちろん燕三条までこちらから移動するのは問題ありません」

と追伸を送った。


ホタルイカのトマトソースのパスタとコールスローサラダで夕食を済ませたみどりは、録り溜めていたドラマを見るか、前の日に届いた本を読み始めるか迷っているうちに小松の「今週末、土曜日」というメールを受け取った。

もちろんなにも話していないのだから土曜は休みと思われてもおかしくないのだが、これだけ待たせておいて、すぐのすぐってどうなのよ、とみどりは少々憤慨した。なん

だか自分が軽く扱われているような気がしたのである。

それでも彼女は、その時間帯であれば朱鷺メッセの中にある万代島美術館に行くことを提案した。

「見舞い屋」の仕事を休むための一番確実な方法は風邪をひくことだった。彼女は八重樫に、内科を受診したところインフルエンザではないとわかったが、熱が下がらないので大事をとって来週頭まで休みたいとメールを書いて伝えた。八重樫からは折り返し、仕事の心配はせずに水分を取ってきちんと休んでくださいという返信が来た。


ノルマの数倍もの防御兵を援軍で送りつけてきて以来、ネカマのしおんちゃんは声をかけてこない。自分の消極性が嫌われたのだと宇佐美は思っている。来期は盟主なんてやりたくないとあれほど言っていたのに、ほかに引き受け手がいない。盟主補佐のロバートもまた無言だったが、かれは常になくアクティブで取り憑かれたように敵陣での攻撃を繰り返していた。砦攻略に使っていた足の速い武将を次々と送り込んでは敵地をひっくり返してすすむドリル攻撃だ。無論相手も手をこまねいて見ているわけではないから、領地は激しい捲り合いとなる。この攻防は白黒が入れ替わる「オセロ」にもたとえられる。ロバートにしても戦争に勝つために攻撃をしているわけではない。まとまらない自分の同盟に対する苛立ちを、敵にぶつけているだけのようにも見えた。

ムジナちゃんはログインしていなかった。もしかしてこのままゲームから去ってしまうつもりではないかと少々心配になる。

総攻撃をかけられればひとたまりもないが、宇佐美の広大な領地では、端の方で小競り合いが続いているだけだった。本拠地となる城が敵に隣接されるまでにはもう少し時間がかかりそうだった。ゲームなのにモチベーションがさっぱり上がらない、いやモチベーションが上がらないゲームを続けていること自体がおかしいのだが、かれは、もう今期はいいやと思っている。どのみち負けるのだ。来期も通用する武将カードさえ育成できればいいと思っている。それに、同盟の将来の方向性も考えねばならない。来期合併して細々と一緒にやっていけそうな同盟はほかにあるだろうか。

「小松先生ですね」

金曜日の三限の授業に向かうところで、呼び止められて、小松は見知らぬ男に向かって小さく頷いた。

相手はがっしりとした体格のスーツ姿で、明らかに学生街には似つかわしくない風采である。大学のＯＢだろうか。

「私、長崎みどりの弟で、孝と申します。いつも姉がお世話になっております」

「こちらこそ」

そう言ってから小松は相手の顔をまじまじと見直した。弟と言われてもちっとも顔は似ていない。明日みどりと久しぶりに会うのになにか支障でもあるのかという疑問が湧いた。

「少し、お時間いいですか」

「今から講義に出なくちゃならないんです。夜は別の場所で予定が入っているので、今日は無理です」

小松は事務的に答えた。

「それは残念です。どうしても姉のことで聞いていただきたいことがあったので」

「わざわざ来ていただいて申し訳ないんだけど、突然というのも困るんで日を改めてもらえませんか」

「わかりました」

男は少し身をかがめるようにして言った。

「でも姉には内密でお願いします。怒られてしまいますので」

相手が名刺を差し出したので小松もそれに応じた。

名刺に書かれていたのは、「長崎孝」という名前と小松はよく知らないカタカナの社名だった。ＩＴ系だろうと小松は思った。

「こちらから連絡さしあげてもいいですか」

小松の名刺を見ながら、みどりの弟は言った。

「かまいません。授業のときは出られないから、メールでください」

小松はそう答えて軽く頭を下げると足早に学内に入り、講師控え室のある棟に向かって歩き出した。突然呼び止められた驚きと訝しさは、控え室で連絡事項の確認をしている間までは頭の隅にあったが、出講確認の処理を済ませて大教室棟のエレベーターを待つ学生の列に混じる頃には忘れてしまった。

県立万代島美術館の企画展はトーベ・ヤンソン展だった。「ムーミン」にまつわる幻想的な作品だけでなく、「不思議の国のアリス」をモチーフとするものもあった。小松と一緒に見るにはとてもいい組み合わせだとみどりは思った。かれも機嫌が良いらしく、美術館を出てから自分が子供の頃ニョロニョロを怖れていた、行く先々でニョロニョロに囲まれないか身構えたことさえある、という話をしてみどりを笑わせた。

二人は朱鷺メッセの裏に出て、河口港にきちんと並んで停泊しているヨットを眺めながら、信濃川沿いの広々とした遊歩道を歩いた。

「新潟はいいねえ。海も近いし、ごみごみしてなくて」

「でも東京みたいに大きな公園がたくさんあるわけじゃないから」

「そう、確かにね。皇居も赤坂御所も新宿御苑や代々木公園もみんな地下水系が繋がってるって聞いたことがあります。たしかに地図で見ると緑地も繋がってるようなものだしね」

「今年はお花見、しましたか？」

「いや、してないなあ。一週間早かったらよかったね」

「私が住んでるあたりだと大河津《おおこうづ》分水っていう、信濃川から日本海に向けて作られた分水路の桜並木が有名なんです。もうすっかり葉桜ですけど」

「それは、三条？　燕？」

「燕市ですけれど、分水町が合併したんです」

「燕と三条は合併しないの？」

東京のひとだなあ、とみどりは思う。簡単に合併ができる町もあればそうはいかないところもあるのだ。でも、そんな説明に時間を費やすのは嫌だった。

「小松さん、食べられないものってあります？」

「きなこのついたやつ。信玄餅とか安倍川餅とか。むせるから」

みどりは噴き出した。

「そんなものお酒を飲む場所では出ません」

「たしかに、ねえ」

みどりは、こっちから斜めに行った方が近いですから、と言って萬代橋より一つ河口に近い橋を指さした。

みどりが予約していた古町の店は、細い路地を入ったところにある品のいい居酒屋だった。小上がりに席が取ってあった。

「地酒はやっぱり燗がおすすめなの？」

日本酒のメニューには知らない銘柄が多かったが、おすすめの飲み方がマークで示されている。

「私のまわりは夏でもお燗ってひとが多いですよ。新潟人がみんなそういう傾向なのかはわからないけど」

「一人で飲みに行ったりもするんですか？」

「たまにはね」

「へえ、いいなあ」

「どうして」

「いやぁ」

小松は照れくさい気持ちを隠さずに言った。

「僕が行く店にはみどりさんみたいなひとは来ないから」

なに言ってるの、とみどりは笑った。

「今一緒に飲んでるじゃないですか」

切り干し大根や野菜の煮物をさっと盛ってくれるようなさりげなさで、鮮度のいいタイやイカ、南蛮エビなどを少量ずつ盛りつけた刺身が銘々に出てきたことに小松は感心した。好きなのがあったら追加してください、と店長が言った。大宴会ならとにかく、少人数のときに刺身を大袈裟な盛り方で出すのは野暮だとどこかで思っていたのだが、それを言葉にしたことは一度もなかった。かれは、都内でも刺身がご馳走だった時代の記憶を持っている最後の方の世代かもしれない。

「小松さん、ひとこと言っておかなくちゃ」

みどりが言った。

「なんです？」

「あのね、予定は前もってお願いします。もちろん今回はお仕事で、相手の方のこともあったから仕方ないと思うんですけど。女っていろいろ準備がめんどくさいんです」

言われてみれば、たしかにその通りだ。はっきり指摘してもらえるのもありがたいと思った。かれは率直に何でも言おう、と決めた。

「じゃあ本当のことを言います。人と会う予定なんてなかったんです」

「嘘だったの？」

「嘘というより口実です。みどりさんに会うための」

みどりは口を尖らせて、

「じゃあどうして朝から来てくれなかったんですか」

と言った。

「すみません」

「私だって今日、仕事ずる休みしたんです」

小松は声をたてて笑い、それから真顔になって謝った。

「みどりさん、内密にって言われたんだけど、君の弟が昨日大学まで来たんだよ」

「おとうと？」

「そう。ずいぶんがっちりした感じの。名刺ももらった、孝さんていうの？」

「弟なんていません。妹ならいますけど結婚して九州に住んでますし妹の旦那の名前は実です」

「あれ、じゃあなにか勘違いしているひとなのかな」

「どうして小松さんの勤務先まで」

そう言いかけて、みどりは口をつぐんだ。

「思い当たるひと、いるんですか」

「いえ……」

大学まで押しかける、そんな思い切ったことのできる人物は八重樫以外に考えられなかった。

「なにか心配なこと？」

「大丈夫。でも私、ちゃんと自分の仕事のことも言ってなくて」

「教習所の教官って聞きましたよ」

「今は別の仕事してるんです。なんというか、あの」

「はい」

「私が変わった仕事をしていても、かまいませんか」

「仕事で変わってるとか変わってないとか、そういう捉え方は僕にはわからない。どんな仕事でも必要だからあるわけでしょう」

「特殊な仕事なんです。多分、そういう仕事があることを小松さんはご存じないでしょう」

「無理に話さなくても、かまいません。話したければ聞きます」

「本当はなんでも話したいんです。でも言いにくくて、ずっと言えませんでした」

「みどりさん」

小松はいかにもつまらなさそうな表情のままで言った。その顔つきが病院で見かけたかれの母親にそっくりなことにみどりは気がついた。

「お酒の勢いで言いにくいことを言ってしまったら、後で後悔するかもしれないでしょう？　だから、明日にしましょう」

「でも」

「抵抗があればもっと後でもかまわない。時間はたくさんあるんだから」

もっと頼りないひとかと思っていたのに、今日の小松はずいぶん堂々としている。

「明日の予定は？」

「うん、帰りがてらなんだけどちょっと見ておきたいものがあって」

「どんなとこですか？」

そう言ってみどりは、相手に好印象を与えるとわかっているやり方で、ごく軽く首を傾げた。

「浦佐からタクシーで十分って書いてあったんだけど、魚沼市なのかな？　日本のミケランジェロとか言われてる彫刻があって」

「石川雲蝶ね。私も一緒に行っていい？　車は出しますから」

意外にお目が高い。

「遠くなるけど、大丈夫？」

「だって私、運転が仕事だったんですよ」

「それじゃあ喜んで」

小松はとっくりを手にして言った。

「もう一杯、飲まれますか？　それで」

「それで、って？」

本当は明日の予定よりも今日のことを、このまま一緒に過ごすのか、それとも帰るのか、小松に決めてほしいと思っていた。自分からは言い出せないからこそひきとめてほしかった。けれども小松はあっさりした調子で言った。

「終電の時間、大丈夫？」


落城するときはあっけないもんだな。

敵が動き出してからは、あっという間だった。宇佐美が会社にいる間に領地は最短距離で捲られ、気がついたときには隣接地をとられていた。こうなるとあとは砦攻略の要領である。武将だの兵だのが次々飛んできて、城を守っていた防御兵や武将が次々と殺され、遂に城は無人となった。きっかり六時間おきにやって来る投石機が、籠城モード明けのタイミングでヒットし、城は一撃で破壊された。

これでうさぴょん同盟は敗北し、百鬼夜行同盟の配下に入ることになる。

「これからが忙しいんだよ、膠着してる間はいいんだけどよ」

宇佐美は独り言を言いながら同盟員に敗戦と戦後交渉の条件についての書簡を書いた。今期一杯配下なのか、それとも引き上げか、追放か——交渉条件となるのはうさぴょん同盟が所有する砦だった。

「にしても、事務処理ばっかりだなあ。なにが仕事だかわからんなあ」

かれは独り言を吐くのである。


帰りの新幹線の座席に落ち着いた小松は夢のような一日を思い返し、幸福感に浸っていた。別れ際にしたハグのふんわりした香りとあたたかい感触をずっと身にまとっていたいと思った。小千谷で食べたへぎそばも旨かったし、とろっとした泉質の温泉もよかった。そして石川雲蝶の彫刻や絵画には思った以上の重厚さと迫力があって、見るべきものを見たという充実感もあった。

来てよかった、ほんとうに来てよかった。

新潟から小千谷に向かう途中、みどりは言葉を選びながら前日の続きとして、仕事の話をした。病院の見舞いを仕事にしているということ、新しく始めた在宅患者を訪問する仕事がどうしても合わないことなどを話したが、それはかれにとって驚くようなものではなかった。少しユニークな付き添いさんとかれは理解した。けれど精神的な負担が大きいと思うのなら、無理をして続ける必要はまったくない。かれは思ったことを言った。

「辞めにくいんです」

「上司の問題?」

「ええ。上司というか、経営者ですけど」

「ちゃんと伝わっているのかな?」

「伝えてはいるんですけど」

随分歯切れが悪いんだな、と小松は思った。

「じゃあ、こうしましょう」とかれは言った。「結婚を前提につき合っている相手がいるから、もう仕事は続けられないって言ってください」

「それ、どういうつもり？」

みどりはびっくりしたような顔で言った。

「本心です。それで問題なければ、本当に結婚してしまえばいいと思う。もちろんみどりさんの気持ち次第だし、嫌だと思ったらこれっきりでかまいません。順番が逆になったのは迂闊でしたが、僕はそういうつもりです。真面目に言っています」

みどりは静かに車を路肩に寄せてハザードを点けた。そして両手で顔を覆ってしまった。そして、小松にとっては長く感じられる沈黙の後に、

「心臓が、停まるかと思った」

と、蚊の鳴くような声で言った。それから漸く顔を見せたがすぐにうつむいてしまった。

「無理は言えないけど」

小松は慎重に言った。

「無理じゃありません。嬉しいんです。でもびっくりして」

かれが不意に感動したのは、みどりがこぼした涙に対してではなかった。当たり前のようにハンドバッグから取り出して目頭を押さえたのが、きちんとアイロンのかかったハンカチだということだった。ずいぶん前に高校野球でハンカチがどうのと聞いたことはあるけれど、かれは長い間実際にハンカチというものを見たことがなかった。

家に帰ってもみどりは落ち着かなかった。

いい年していつまでも何やってるんだろう。

打ち消そうとしても、痺れるような感覚はそう簡単に遠のきそうにはなかった。

彼女は妹に電話して、変わりはないかと聞いた。念のため義弟の実の様子も聞いたが、都内に行ったという話はなかった。

「お姉ちゃん」

「ん？」

「わざわざ電話してくるってことは、なにかあったんでしょ」

「大したことじゃないんだけど」

「再婚するの？」

「わからないけど、しようかって、言われたの」

「へえー、何してるひと？」

「大学の先生」

「すごいじゃん！」

「あんたが見たら、ただの小太りのおじさんって言うと思うけど」

「そんなこと言わないって。今度一緒に九州来てよ。会うの楽しみにしてるから！……ごめんちょっと下の子お風呂入れなきゃ。でもおめでとう。またね」

妹は忙しい。それに二回目となれば反応もあっさりしたものである。自分だけが動揺していることが恥ずかしかった。


「俺のリアルはどこにあるんだ」

ぶつぶつ言いながらも宇佐美は戦後処理をこなしていった。相手の要求はアクティブな同盟員のみの引き上げと合流だった。つまりは、来期の砦攻略で使える足の速い戦力を増強したいということだろう。だが宇佐美は同盟まるごとの解放を求めた。そのために砦の半分は与えてもいい、と条件を出した。

「いやですね、配下は」

スカイプで話しかけてきたのはムジナちゃんだった。ずいぶん久しぶりだった。リアルが忙しいとか言っていたけれど少しは落ち着いたのだろうか。

「お疲れさん。ごめんねいろいろ。でもいつまでも配下に甘んじるつもりはないから」

「交渉って大変ですよね」

「ほんとそう！　参ったよ！　やっぱり盟主ムジナちゃんに代わってもらうんだった」

「私は今期限りで引退する身ですから」

「そんなこと言わないでよ。ログインだけでもすればいいじゃん」

「諦めがつかなくなります」

「それなら俺がインしてすぐに、ムジナちゃんの本拠のまわり全部囲ってやるよ。どこにも行けないように」

「いやだー、うさぴょんさんってドSですか？」

「むしろドMでしょ。じゃなきゃこんなことやってらんないよ」

「そっかあ。また声かけますね。あと期の終わりに武将カード譲ります。記念に」

「なんの記念なんだか。またね」

ムジナちゃんっていくつくらいなんだろう、宇佐美はふと思った。娘と同じくらいだったらさすがの俺も引くけど、働いてそうだし二十代後半からなら、アリだなあ。

少し濃いめの顔立ちをした、とびきりスタイルのいい女性を思い浮かべてかれは頰をゆるめた。

一両日中には親同盟となった百鬼夜行が今後の方針について結論を出す筈だった。

いったい何のために呼び出されたのかわからない晩だった。

「僕はわりと今の学生好きなんだよね、ゆとり教育の最後の世代になるんだけどね」

小松は饒舌に話しているが、わざわざ電話でかけて呼び出すほどの話題ではない。

「うちの上の娘と同じくらいですよ」

「ほかの先生は大人しすぎるとか覇気がないとかいろいろ言うんだけどさ、僕はわりといいと思うんだ」

「小松さんって、ゆとり平気なんですか？　意外だなあ」

宇佐美は驚いて言った。かれの周辺は全会一致でゆとり世代を苦手としている。

「けっこう面白いよ。主張は強くないけど、それぞれ個性的だし、フットワークも悪くないしね」

「俺はだめだなゆとりは。ほんと会社で苦労しますよ」

「決めつけるのはいつも大人の側だからなあ。僕たちの頃は決めつけられると大人に面と向かって反発したけど、今の子はそんなことしても何もならないの知ってるから、平気で受け流すよね」

僕たちなんてまとめられても、年下の宇佐美は一緒にしてほしくないと思うのである。

「受け流すというより、凄も引っかけない感じかな。こっちは長年やってきてそれなりのノウハウとか結果の出る方法とかを残してきてるのにさ。常に自分優先なんですよ」

「お互い様じゃないのか。もしこれが外国人だったらうさちゃんだって違う態度取るでしょ。同じ日本に住んでいるけど、文化や宗教が違うくらいに思ってたらいいんじゃないの」

「そうやってさ、教育が学生を甘やかすから余計、ツケが企業にまわってくるんですよ。こう言っちゃ失礼だけど、先生なんて社会のこと知らないでしょ」

そう言っても小松はひるまなかった。いつもの表情ではあるが、口調は明るいのである。

「たしかにそうだけど、でもうさちゃんが会社でやらせたいことって、大学の問題じゃなくて家庭の問題だろ。もちろん僕だって講義に出ないで試験の点もとれない学生まで甘やかすことはない」

「家庭ねえ……ああ、家庭ねえ。うちの娘なんか就職したくないって言ってるんですよ。学生のうちから婚活して専業主婦目指すとか」

「まあその子なりには考えてるんだよ」

「高い学費払っていいとこ行かせた親の身にもなってくださいよ」

小松さんにはわかんないんだよ、と宇佐美は思うのだ。就職してきちんと働いてほしい。だが、娘が小松さんみたいな高齢独身になっても困るのだ。

「そういえば前にあったよ。少人数クラスの学生が、妊娠しちゃったんで休学して出産するって報告してきた」

「できちゃった婚じゃなくて、できちゃった留年ですか？」

「まあねえ。相手がいいひとならそれでいいけどね」

「考え方次第かもしれないですよね。留年が産休になって、新卒で就職できるわけだから。企業に入って一年二年で産休とられるよりかいいですよ」

宇佐美も何が正解なのかはわからない。

「二人目三人目は一緒のことだろ」

「あ、たしかに」

もうこんな話はやめたいな、と思った。

少しの沈黙があって、小松が静かな口調で「うさちゃんさ」と言った。

「みどりさんの弟ってひとに会ったんだけど、それ違うって彼女は言うんだよね」

「どういうこと？」

「名刺ももらったんだけど、そんな弟はいないって」

「偽者ってことですか」

「アポなしで訪ねてきたんだけど、授業だったから今度にしてくれって断ったんだ。そしたら昨日、メールが来て来週の木曜に会いましょうって」

品川のホテルで午後六時、と聞いて宇佐美は手帳を開いた。

「しょうがねえな。俺が一緒に行きますよ」

「うさちゃんも僕の弟になる？」

「さすがにそれは」

宇佐美は、自分は近くの席で話を聞いているから録音だけは忘れないでしてくれ、と言った。

やはり最初から断っていればよかったのだ、とみどりは思う。どうしてずるずると八重樫の依頼のままに仕事をしてしまうのだろう。

新しい業態をサイトで見たとき、これはどう見たってデリヘルだとみどりは気がついていたのだ。

けれども八重樫は、顧客は自宅療養や退院した今までの常連だし、今まで通り話し相手になるのが仕事のメインで、オプションは存在しない飾りだと思えばいい、と言い張った。

「家に行くなんて、なにかされたらどうするの」

こんなことを言っても、五十を過ぎた女なのにそんなことを前提に考えるということが情けなく、強くは言えない。八重樫は規約を見せて「家族やヘルパーさんの在宅時のみの訪問」という項目を見せた。そんなものがあてになるのだろうか。自分がなにを言おうと泣き寝入りになるのではないか。

実際に何件か、退院したクライアントの家を訪問して、みどりは病院への見舞いとは全くかけはなれたものだと実感することになる。病院という場所は、なにもかも不便だからこそ人間の欲を断ち切ることもできるシステムなのだ。院内では、少しの変化で満足するしかない。だから上っ面の見舞いでも通用していた。退院すれば、話は別である。家に入ればそのひとの生の生活が見えてしまう。相手の要求も増大する。半ば喧嘩のように、あるいは逃げ出すようにして顧客を失うたびにみどりは傷ついた。

八重樫は顧客を失っても動じなかった。みどりは半ば懇願するように辞めさせてくれ、と申し入れたが、今のままでかまわないから続けてほしい、と言うのだった。

問題は仕事の内容ではなかった。身の安全は確かに必要だが、身の安全を守ることばかり考えて、精神の安全が損なわれていく状態がまずいのだ。

そう、精神のことなのだ。

八重樫は、みどりという他人を通して感情を味わいたがっているだけだった。実際にみどりがどっちに転ぼうと、何を決断しようと八重樫はかまわないのだった。かれがしたいことはただ、みどりを試すことであり、危険な要素はスリルとして楽しむのだ。安全に切り抜ければ、次の危険に賭けるし、最悪の事態に陥ったとしても映画でも見ているように楽しめるのだ。みどりが傷つくのも、約束を破られて身体を触られることも、同じようにかれは楽しむのだ。

八重樫はみどりにかれなりの愛情を注いでいるのだと、彼女は感じてきた。けれどもそれはかれが作り出した、みどりに似た人間ではないなにかに対する歪んだ愛着でしかなかった。みどりが幸せでいても悩んでいても、どちらでもいいのだ。彼女のパーソナルな思いや価値観にかれは関心を示さない。

ずっと腑に落ちなかったのはそこだった。

コンパスを思い切り伸ばして弧を描いたら、やっと八重樫という質量の重い天体の軌道に触れた、そんな気がした。その天体に近づく危険を彼女は漸く知った。

今までのやり方では絶対に辞めさせてもらえないことをみどりは知っていた。

「絶対に知られないように引っ越さなきゃいけないんだけど、どこに行っていいのかわからないの」

夜中の電話で小松に相談するとかれはこともなげに、東京に来ればいいと言う。

「だって東京じゃまたいつ会うかわからないもの」

そう言うと小松は、

「人間って、通り道とテリトリーと路線は案外決まってるもんだよ」

と答えた。

「かれとは来週会うから。その後にしようか」

「ひとりで行くの？」

「いや、いつも話してる宇佐美君って友達が一緒に来てくれるって。ガタイもいいし、蓄電会社にいて僕より世の中知ってそうだから、多分うまくいくよ」

そんなに簡単なものじゃないとみどりは思う。

「どうなったか、ちゃんと連絡してね」

「もちろん」

それから小松はふと思いついたように言った。

「僕は住むなら学生街がいいと思うんだけどね」

「どうして？」

「かれには似合ってなかったからだよ。不思議と似合わない町っていうのは、行きにくくなる。それに都内を車で移動する人が通る場所って、幹線や首都高や都心の駅を起点に考えるから、全くの空白地帯ってけっこうあるんだ」

電話を切ってからみどりはしばらく考え込んでいた。小松のことが信用できないわけではないが、甘く考えすぎではないのか。迷った末に彼女はＬＩＮＥを開いた。


品川駅近くのホテルのロビーで、小松の裏側の席に宇佐美は陣取った。万が一のことを考えて、体育会系の部下も連れて来た。

待ち合わせの時間を五分過ぎたとき、フロアを横切ってまっすぐ歩いてきた男を見て宇佐美は、
あいつだな！

と確信し、部下に目くばせをした。

小松は平然とした態度で男と挨拶をした。やがて二人がけのソファに座った男が小声で話し始めた。弟である自分しか知らない話があって来た、おそらくはそんなことを言い始めたのではないかと思われる。

いかん、名前忘れた。

宇佐美は慌てて手帳を取り出してメモした場所を探した。

こんなときにど忘れするとは。

漸くメモがみつかって、そうだ八重樫というのだった、と胸をなで下ろす。

かれはおしぼりで額の汗を拭い、会話のテンポがだんだん速くなっていく様子の小松のテーブルを見極めた。


「小松さん、あとは我々に」

いつの間にか宇佐美が部下を従えてテーブルの脇に立っていた。大見得を切るために登場した歌舞伎役者のようだと小松は思った。

「どちら様？」

みどりの弟を名乗る偽者が迷惑そうに宇佐美を睨んでいた。

「あれっ、俺のこと忘れました？」

宇佐美は余裕のある表情で言った。

「知るわけないだろ、誰だよ」

「小松さん、このひとほんとの名前は八重樫昭人。もちろんみどりさんの弟でもなんでもないです。俺は仙台でかわいがってもらったんで、よく知ってます」

宇佐美が何を言いだすのか見当がつかなかった。

「仙台？　なんのことやら」

「まだとぼけるの？」

宇佐美の顔から笑いが消えた。かれは声を一段低めて言った。

「執行猶予五年だったよな。だったらまだ猶予中だろ。臭い飯食いたくなかったら自重してろよ」

八重樫の顔に驚きの色が広がった。

「あのとき美人局《つつもたせ》に引っかかったのが俺だよ、世の中狭えんだよ」

小松にとっても初耳だった。宇佐美の浮気の数々は聞かされてきたし、仙台に出張で行くことも知っていたが、まさか美人局の被害に遭ったとは知らなかった。

小松は言った。

「君はみどりさんのこと本当に愛してるわけじゃないんだろ？　こだわってるだけなら、

もう手を引いてくれないか」

八重樫は小松に向かって恨みがましい目を向けたが、一言も発さずに立ちあがった。宇佐美とその部下が両脇にぴったりとついて、「駐車場までお送りしてきます」と小松に言った。

うさちゃんてひとは、とかれらの後ろ姿を見ながら小松は思う。かっこいいんだか悪いんだか今もってわからないな。

しばらくして、帰ってきた宇佐美に小松は頭を下げた。

「まさかそんな偶然があるなんて思わなかったよ」

「嘘なんだよ」

宇佐美は笑った。鈴木君という部下もにやにやしている。

「みどりさんがLINEで僕のことみつけて、どんな奴かって情報をくれたんだ。それで、うちの仙台のやつに調査させたら、ぴったりの事件が出て来たからさ」

「八月半ばになったら僕も休みになるから、どこか行きましょう」

西武線沿線の不動産屋をいくつかまわった後、カフェで一息つきながら小松が言った。八重樫との「話し合い」の結末は宇佐美と小松の両方から聞いていたが、まだ彼女は完全に安心しているわけではなかった。八重樫本人は連絡を断ったままだった。

「どこかって?」

「老後に一緒に住むところを探しに。そういうゲームのつもりで。あえて行ったことない地方をまわってもいい」

「ゲームのつもり、ね」

「そう、遊びでいいんだよ。どうしても気になるところはちゃんとわかるはずだから、そこに住み着けばいい」

「小松さんは、住む場所で何が大事なの」

「もちろん家賃だけど」

「私も働くし、広いとこでなくても平気」

「どのみちあと数年で大学は辞めることになるから、その後はあんまり大事なものなんてないんだ。資料を片付けるのが少し大変だけど」

「私は、あんまりうるさくない場所なら」

「そういうのは具体的でいいよね。スーパーとかも実際に行ってみたりね」

いくつもステップを飛ばしている気がするのだが、不思議と迷いはなかった。漕ぎ出してみればいいのかもしれない。

漠然とではあるが、みどりは江古田駅の周辺が気になってきていた。彼女にとって「練馬区」という地名は意外だったが、小松がそこにいるのが実に「似合っている」ように見えたからである。


小松がみどりを伴って「たられば」に現れ、宇佐美と再会したのは、八月に入ってからのことだった。昼は小松の両親と一緒に目黒で会席料理を食べたそうである。今夜は小松の実家に二人で泊まり、八月下旬には旅行に行く予定まであるというのだった。

ＬＩＮＥでやりとりしたときの文面では、みどりは、もっと大人っぽいイメージだったが、実際に会うととても小松と同じ年には見えない。おじさんとおばさんではあるんだが、二人並べてみればいいもんなんだな、と宇佐美は思った。俺も協力した甲斐があったというものだ。小松さんも苦労人だから少しくらいのんびりすればいいんだ。

「年内には籍入れるんじゃないですか。俺の予想だけど」

宇佐美は言った。

「まだそこまでは決めてないよ。今更急いだって仕方ないんだし」

「あくまで予想ですから。予想って逆から読むと『うそよ』になるから、外れてもいいんです」

「うさちゃん、僕よりおやじくさいよ」

小松の横でみどりが目を輝かせている理由が宇佐美にはよくわからなかった。

「宇佐美さんて、意外にゲームとか強かったりしませんか？」

みどりが口を切った。

「嫌いじゃないですけど、なんで？」

「今のギャグ、聞いたことあるんです。『うそよの予想』の回文」

「あれっ、そう？」

「宇佐美さんって、うさぴょんさんですよね」

うさぴょんという語感に反応して、なにも知らない小松が笑い出した。

たしかに「うそよ」は、一時期気に入って濫発してたことはあるけど、じゃあ同盟員てこと？

「あんまり大きな声で言わないでよ、恥ずかしいから。で、あなた一体誰なんですか」

みどりはにっこり笑って、小松に「ゲームのハンドルネームのこと」と囁いた。小松も同じボリュームで「ほんとに知り合いだったの？」と言う。なんともいやったらしい眺めである。

しかしその後出て来たハンドルを聞いてかれは耳を疑った。

「しおんです」

「マジでしおんちゃん？　俺に愛想つかしたあのしおん？　完全にネカマだと思ってたよ、騙された！」

「しおんは複垢《ふくアカ》なんです。ムジナの」

複垢だと？

ムジナちゃんだと？

同一人物が使い分けてるってことか？

いくらなんでもそれはないだろ。

「無茶言わないでよ。だって俺両方とも親しかったもの。そのくらい区別つくんだけど」

「同時に現れたこと、ないでしょ？　ログ見ます？」

「いいよここでは」

宇佐美はタブレットを開こうとするみどりを制するのがやっとだった。かれの中で二十代後半のスタイル美人と、意地っ張りなネカマの青年の絵柄が崩れていった。

いっつもこうなんだよな、俺は。

思っていたことは大抵「うそよ」になってしまう。

明日からどうすんだよ。

ゲームだよ、明日からの。

まだごたごた言ってる同盟員もいるんだし、俺は盟主続けなきゃならないんだし。

ネトゲやってることまで小松さんにバレて。

「待てよ。じゃあしおんも引退するっていうの？　あいつからはまだ何も聞いてないんだけど？　なんだよあの二人グルだったのかよ」

「同一人物だから、グルとは言わないと思う。もちろんしおんも引退しますけど」

そして本来、仏頂面が基本の小松が、黙ってにこにこしているのがますます気にくわない。

「なんで俺はこんな役回りなんだよ」

宇佐美は苦々しく言うと、焼酎のロックを飲み干した。

「ここは、もうリアルなんですから」

追い打ちをかけるようにみどりが笑った。

ネクトンについて考えても意味がない

秋の、まっすぐな日射しが降り注ぐなか、空の高みから目に見えない一本の線を伝う滴のように降りてくると、陸地は次第に弧を描いた視界の端へと追いやられ、ついには見えなくなってしまう。さらに下っていくと海は青く平旦な板であることをやめ、海底の岩礁や砂の色、水深によって紺瑠璃、薄藍、浅縹などへと色合いを変えていく。目に見えない一本の線に沿って波間から静かに、澄んだ海のなかに入る。水の冷たさを感じたり、身体が濡れることはない。

南雲咲子は降下をやめ、降りてきた線を海底まで垂直に下ろして固定し、ちょうど中間くらいの場所に自分を結わえた。目に見えない線は、楽器の弦のように揺れることはあっても切れたり、彼女を放り出したりすることはない。南雲咲子はその場所で、心が安寧を取り戻すのを待った。

ところで、南雲咲子が自らを固定したのとちょうど同じ位置に一匹のオスのミズクラゲがいた。傘の直径は二十センチほどで、半透明のゼラチン質の傘の頂点には、四つの生殖腺と、それに添うように位置する胃腔が家紋のように白抜きされている。傘の内側からは四本の、長くて立派なリボン状の口腕が生えていた。

一見、どこにでもいるようなミズクラゲだったが、かれには仲間のほかの者とは明らかに異なる点がひとつだけあった。お椀のような傘のなかに、精神が透けて見えていたのである。精神は黄色から水色、紫からピンクへと変化しながら光っていた。なにかを考えるときかれの精神は音声や振動をあらわすゆるやかな波形のように見えた。びっくりしたときには稲妻のような激しい形になった。

南雲咲子がやって来たとき、ミズクラゲは自分が知らない種類のソナー音を認識したのだと思った。だが、数秒もたたないうちにかれはその気配はソナーの類とは異なると知覚した。なにか、生き物が自分のなかに紛れ込んだのだとわかった。それは餌でもなく、自分に有害なものでもないようだった。しばらく考えたのち、どうやら心というものが落ちてきて自分のなかに入ったのではないかとかれは結論づけた。

「こんにちは」

やってきた見知らぬ者に向かってミズクラゲは呼びかけた。

「こんにちは」

答えが返ってくるのを聞いてかれは喜びを感じた。そして強く拍動した。

南雲咲子は、誰だろう、と思った。

まさかクラゲが喋るなんてことはないし。

ミズクラゲの体内で南雲咲子が思ったことは、さっきの挨拶と同じようにクリアに伝わるのだった。

ミズクラゲは、驚かせてしまった、と思った。クラゲがものを考えたり話したりするなんて、そう簡単に信じてはもらえないだろう。

ミズクラゲの考えも直接南雲咲子に伝わった。

「あなたはほんとうにクラゲなの？」

南雲咲子はそう言った。

「そうだよ。僕はミズクラゲだ。急に話しかけてごめん」

「私こそ、突然来てびっくりしたでしょう」

「いや、滅多にないことだし、面白いよ。君はどこから来たの？」

「北の方の陸地に住んでいる人間なの。瞑想してたらここに下りてきたんだけど、今一体どういう状態なのかわかってなくて」

陸地のことも人間のことも全然わからないな、とミズクラゲは思った。もっと相手のことを知りたくて仕方がなかったが、いきなり質問攻めにするのは失礼かもしれないと思った。そこで、かれは自分がわかることだけを言った。

「うん。君は心だけで海に落ちてきたんだ。ずいぶんいろんなものが海には落ちてくるけれど、心っていうのはなかなか珍しいよ」

「私は、あなたの体のなかにいるの？」

「そうみたいだね」

「苦しくない？」

「心だけだから、重くもないしかさばってもいないよ」

「私とあなたは、心だけで話しているの？」

「多分ね」

「シンクロしているのかしら」

「さあ。僕もこんなこと初めてだから」

それにしても不思議だ、と南雲咲子は思った。クラゲってこんなに賢い生き物だったのかしら。

ミズクラゲは言った。

「僕だって、ほかのクラゲとは話したことがない。自分のほかに精神を持ったクラゲなんて見たこともないんだ。僕には脳がないから精神だけがなにかの形で埋め込まれてしまったんじゃないかな。突然変異かもしれない」

えっ、クラゲって脳がないの？　と南雲咲子は思った。

ミズクラゲは、心臓だってないんだよ、と心のなかで呟いた。

心臓もないの？　体の構造がほかの生き物とは全然違うのね、私何も知らなかった、南雲咲子は思った。

「いつから、こうやって考えたり喋ったりできるようになったの？」

南雲咲子が聞いた。

「さあ、気がついたらこうなってた。君の場合はどうなの？」

「そうね。私も気がついたら喋ったり思ったりするようになってた。赤ちゃんのときのことは覚えてないわ」

南雲咲子は笑った。するとこれまで知らなかった独特の波動がミズクラゲのゼラチン質をふるわせた。

「今の、なに？」

「笑ったの。同じだなあと思ったら嬉しくなって」

「そういうの、笑うって言うんだ、いいね」

ミズクラゲは言った。

「とても気持ちがいいときに、笑うのよ」

南雲咲子は答えた。

かつてない状況にミズクラゲは興奮していた。だが会話という珍しい経験はかれにエネルギーを消耗させた。気がついたとき、かれはすっかり空腹になっていた。

「少し、ごはんを食べてもいいかな。食べるのと喋るのは同時にできないと思うんだけど、かまわない？」

ミズクラゲは言った。

「もちろん。ゆっくり食べてちょうだい。私は黙ってるから」

南雲咲子は答えた。

ミズクラゲは漂流しながら小さな動物プランクトンをたくさん捕らえて食べた。かれが満腹になると胃腔が白く濁るのが透けて見えた。消化した食べ物を拍動によって全身に行き渡らせ、かれはまた元気を取り戻した。

海の底の砂地には波のゆるやかな凹凸を映した陽光が網目模様をつくっていた。南雲咲子はミズクラゲの半透明の傘を通して水面を見上げた。魚たちの腹と同じ、白っぽい色をした海面には海底の光の網目模様が反射して、波がぶつかり合えばいくつもの流れ星が降ってくるように輝いた。

「ここは本当にきれいなところね」

南雲咲子が言った。

「そうだね。僕は、湾のなかとか河口とか、そういうかなり汚い水質のなかでも生きられるんだけど」

「強いのね」

「汚いところは餌もたくさんあるんだよ。強いかどうかは僕が決めたことじゃないけれど」

「私はこんなきれいな場所で会えてよかったと思うわ」

南雲咲子は言った。会えてよかった、と誰かに言われるなど想像したこともなかったミズクラゲはひどく感激して、人間には聞こえない超低周波の音をしきりに鳴らした。

そして、少し気持ちが落ち着いてから、気になっていたことを尋ねた。

「最初に言ってたことだけど、瞑想ってなに？」

「つらいときや、悲しいときに瞑想をするの。簡単よ。目をつぶって、ゆっくり呼吸しながらこういう綺麗な場所に自分がいるところを想像するの。そうすると心が穏やかになって、またがんばろうって思えるのよ」

「それで、心だけがここに来たってわけ？」

「多分そうだと思うわ」

僕には少し難しい、とミズクラゲは思った。特に「がんばろう」というのがさっぱりわからなかった。

かれは精神を有していたが、意志は持っていなかった。思考すること、理解することは出来たが、それを行動に繋げるということはできなかった。かれには筋肉があり、それなりに泳ぐこともあったが、餌を捕獲するために水の流れに逆らってまで泳いだりはしなかった。そんなことをしなくても手元に小さな動物プランクトンはやって来るので不便は感じなかった。意志を持った行動をしないというのはそういうことだった。

南雲咲子はそれ以上の説明はしなかった。黙っていると、瞑想するきっかけとなった悩みや心配事が雑念として打ち寄せた。仕事のこと、生活のこと、人間関係のこと、そして将来のこと。心の持ちようでなんとかなるだろうか。それとも、もっと嫌なことがこの先、起きるのだろうか。

さまざまな悩みがあるらしいとは理解できたが、それでもミズクラゲは納得しなかった。かれは砂浜に打ち上げられて干からびる心配をしなかった。網にかかって身動きがとれなくなる心配も、カワハギやウミガメに捕食される心配もしなかった。それらは単なるアクシデントであって事前に考えても仕方のないことだった。

「そうね、考えても仕方ないかもしれない」

南雲咲子が言った。

「考えるというのはわかるけれど、がんばるというのがわからないんだ」

ミズクラゲは答えた。

「どうしてがんばるのかしらねえ」

南雲咲子はため息をついた。

突然、強い衝撃があり、ミズクラゲの体は大きく煽られて水中を上下した。あたりは無数の気泡で真っ白になり、水は渦を巻いて何度もうねった。

南雲咲子は驚いて声も出なかったが、やっと水が静まってミズクラゲが平衡を取り戻してから、

「何が起きたの？」と聞いた。

ミズクラゲは平然と答えた。

「イルカの群れだよ。よくあるんだ」

「イルカがジャンプしたってこと？」

「そう。多分遊んでるんだろ」

ミズクラゲは迷惑そうに言った。

「イルカと喋ったことはないの？　クジラでもいいけれど」

イルカやクジラとなら、かれの知性にふさわしい、面白い話ができるのではないかと南雲咲子は思った。

「ネクトンの連中は僕に、なんの関心も持ってないよ。『なんだクラゲか』って思われたことはあるけど、それだけだよ」

「ネクトンってなに？」

「水の流れに逆らって自力で泳ぐことができるやつ。イルカとか、大人の魚とか」

「初めて聞いた。クラゲはネクトンじゃないの？」

「クラゲはプランクトンだよ」

「プランクトンって小さな生き物だけだと思ってた」

「自分から泳ごうとしないのは大きくてもプランクトンだよ。エチゼンクラゲなんかものすごく大きいけれど、あれだってプランクトンなんだ。ほかには海底で暮らす連中もいる。クラゲでも海草でも貝でもサンゴでも、ずっと海底で暮らすのはベントスって言う」

「全然知らなかった」

そして南雲咲子は思った。

イルカはクラゲに関心がないんだ。認識しないっていうことは、会話が成り立たないってことなのね。

夕刻になると潮の流れが変わり、大きな魚や小さな魚が集まっては通り過ぎていった。ミズクラゲも潮の流れに乗りながら餌を食べた。だんだんに水の中は重い色合いとなり、ついには真っ暗になった。ミズクラゲは傘の縁についた八つの眼点で夜になったことを認識した。暗い海のなかでクラゲの精神だけが光っていた。

「あなたの精神はプラズマみたい。とてもきれいだわ」

南雲咲子が言った。プラズマが何かわからなかったが、あまり質問すると頭が悪いと思われるかもしれないと思ってミズクラゲはこう言った。

「君の精神だって光っているかもしれないよ」

「でも透明な体をしていなければ、光は透けて見えないわ」

「たしかにそうだね」

「海のなかでこんなに光っていたら、目立って魚に食べられたりしないの?」

「危険なやつはそんなにたくさんいないんだ。カワハギとかタイのなかの何種類かくらいだよ。それにしたって腹が減ってなければわざわざミズクラゲなんて食べようとしない。でも幼生のときは敵だらけだよ」

「大人になるのが大変なのね」

「なにしろたくさん生まれるからね。クラゲの仲間には成体でも分裂で自分のコピーを作って増やしたり、無性生殖するやつらもいるくらいだから。僕にはできないけど」

「あなたにも、たくさん子供がいるのかしら」

もしかしたら遺伝で言葉を話せる子孫がいるのかもしれない、と南雲咲子は思った。

「どうだろう。偶然できたのがいればわからないけど、僕はもてないんだよ」

「どうして？」

「ほかのミズクラゲは僕みたいに光らないんだ。だから不気味に思われるらしくて、メスに逃げられる」

メスだけではなくオスからも避けられるのだった。潮目にミズクラゲがびっしりと集まるときも、かれの回りにはいつもある一定の隙間ができてしまう。かれはひとりで漂流している方が気楽だった。

「光るクラゲって水族館で見たことがあるけれど、種類が違うのかしら」

水族館という言葉をミズクラゲは知らなかった。

「オワンクラゲとかオキクラゲとか、光る種類もいる。威嚇の意味で光ったり、いろいろだけど、でも僕とは全然光の形が違うから」

「なんだか勿体ないなぁ」

南雲咲子は言った。

「こんなに知的で親切なのに、ひとりでいるなんて」

「仲間からしたら異端だからね。でも、もしかしたら突然変異は僕だけじゃないかもしれないとも思うよ。どこかに同じような精神を持ってる個体がいるかもって。ミズクラゲは世界中のあらゆる海にいるから」

「仲間に会えたらいいね」

「多分それまで寿命が持たないと思うけどね」

「ミズクラゲの寿命ってどのくらいなの？」

「一年くらい。越冬できても一年半が限界だと思う」

「ずいぶん短いのね」

「人間は？」

「私が住んでいる国では、もちろん人によるけれど七十年から八十年くらい。もっと長く生きるひともいるわ」

ミズクラゲは心底驚いた調子で、

「そんなに生きて、何をするんだ」

と言った。

南雲咲子は、

「そうなのよ」

と悲しそうに言った。

「悲しませたなら、ごめん」

ミズクラゲは言った。

南雲咲子とはどんな女性であるのか、とミズクラゲは考えた。

彼女の落ち着いた様子と、穏やかな話し方からすると、すばらしい体格で卵をたくさん産めるメスというわけではなさそうだったし、だからと言って運動能力の低い小さすぎるメスでもなさそうだった。人間としては、それがちょうどいいということなのか、中途半端なのかミズクラゲにははかりかねた。クラゲの仲間も、ほかの海中の生物も実に多彩な生活様式を持っていたが、人間はそれとはまた違うのかもしれない。このひとは何に似ているんだろう、とかれは思った。

もちろん、その考えは南雲咲子に筒抜けだった。彼女はこう言った。

「私はもう、おばあさんなのよ」

「何年くらい生きてるの?」

「六十年間生きてることになるわ」

「それはすごい長生きだ」

「あと何年生きるのか、十年なのか、二十年なのか、それとも一年しかないのか、人間の寿命はさっぱりわからないの。それで、ちゃんと最後まで食べていけるのか、これからどうして生きていったらいいのか、とても不安になってしまうことがあるのよ」

「それでもベニクラゲよりはマシかもしれない」

「どういうこと?」

「死なないんだ」

「そんな動物がいるの？」

「あいつらは、老いてくるとポリプに戻るんだ。ポリプっていうのはサンゴとかイソギンチャクみたいに海底にくっついてるベントスなんだけど、そこからまた若いクラゲになる」

「若返るってこと？」

「そう。条件さえよければ何度でも若返る。それでもし、君や僕みたいに精神があったらやってられないと思う。だって君がさっき言ったような悩みが永遠に続くんだもの」

「ああ、それはつらい」

南雲咲子は言った。なにかもっとほかに言いようがあるのかもしれなかったが、自分が若返りを繰り返しながら永遠に生きることを想像すると、すっかり気分が沈んでしまった。

老いたらいけない、若くありたい、と思うことはなんだろう。一日でも長く生きた方がいい、というのはどうしてだろう。家族がいなくなっても長生きをするべきなのだろうか。人に頼りたくはないが、そんな保証はどこにもない。

誰でも最後には等しく梯子が外されることを知っていて、それでも毎日、当たり前のように生きている。野菜や草花のように、いつ実り、いつ枯れるかがわかっていたら面倒くさい小さな社会など必要ないのかもしれない、と南雲咲子は思う。


「でも君は、僕みたいに突然変異とか異端とかじゃないんだろ」

ミズクラゲが慰めるように言った。

「そうね。でも群れの一員でないってことは一緒かもしれない」

「人間にとって仲間は大事かい？」

「もちろん大事でしょう。人間は小魚みたいに群れになって暮らす生き物だから」

「君はひとりなのかい？」

南雲咲子が自分と似ている境遇かもしれないと思ってミズクラゲは興味を強めた。

「今はひとり。親と一緒に住んでいるけれど、親も年寄りなのよ」

「子供はいないの？　クラゲみたいにたくさんてわけにはいかないだろうけど」

南雲咲子は少しだけ笑って、子供を産んだことはないのだと答えた。

悲しい笑いというのもあることをミズクラゲは知った。


地味な人、とずっと言われてきた。南雲咲子は子供の頃から目立たない子だった。苦手だったのは気が強い女の子だった。女の子の輪の中心には大体そういう性格のひとがいた。悪気はまったくない。むしろ面倒見がよくて快活さにあふれている。けれども南雲咲子は自分の小さな世界に侵入されることがつらかった。遊びや、生活スタイルの移り変わる流行にもついていけなかったが、雑談として交わされる愚痴や悪口が特につらかった。彼女は人の輪から上手に距離を取ることが出来なかった。それで、居心地の悪さを持ったまま集団に属していた。

学校を卒業して事務員として働くようになっても、それは一緒だった。人と争うようなことはなかったが、なにかのポリシーを持って孤高を保つこともできなかった。心から楽しめないのは、自分になにかが欠けているからかもしれないと思うようになった。

二十代の末に強く望まれて結婚した夫は、三年も経たないうちにほかに好きな人が出来たと言った。別れてくれと頭を下げられて、南雲咲子は動揺したが、同時になんとなくほっとした気分にもなった。あとになって、やはり自分では物足りなかったのだろうと彼女は思った。

離婚した南雲咲子は田舎の実家に戻った。平日は地元の会社で働き、休みの日には畑の手伝いをした。老いた親が病院に通う日には休暇をとって付き添った。シーズンに一度、両親と街で映画を見てから百貨店に行った。その生活に彼女は満足していた。

それでもまだ、干渉しようとする人たちはいた。とても元気で、話すことがたくさんあり、自分が年齢よりずっと若く見えるということを誇りに思っている人たちだった。かれらは食事会をしたり、旅行に行ったり、山歩きをしたりしていた。楽しいから仲間に入らないか、と声がかかるたびに、南雲咲子は拙い言い訳を繰り返し、断る理由が浮かばないときにだけ、仕方なくつき合った。もう自分は変われないだろう、と思っていた。長年抱えてきた違和感があと少しで言葉になろうとしていた。

楽しそうにしていることが楽しいだけではないのだろうか。

南雲咲子を遊びに誘うひとたちはさっきのイルカの群れのようでもあった。波に逆らって泳ぐことができる者がネクトンだとミズクラゲは言っていた。自分にはそんなパワーはないし、自分から動こうとも思わない。だからと言ってベントスのようにしっかりと海底に根を張ることもできない。流れに逆らおうとは思わない。けれども影響を受けてしまうのは困る。あるいは自分もミズクラゲと同じ、プランクトンのような存在なのではないか。

「君がプランクトンだって?」

ミズクラゲが言った。

「今、笑いそうになってたでしょう」

「笑い方がわからないけれど、君と僕が同じなんておかしいと思ったよ」

「そういうときに笑うのよ」

南雲咲子は言った。

「僕もあとで、笑うのを練習してみるよ。それで、どうして君はプランクトンなの?」

「私のまわりにはネクトンみたいな、流れに逆らって泳げる人がたくさんいるけれど、どうしても合わないの。ネクトンはパワーがあって羨ましいと思うけど、さっきみたいに渦を作ったり、泡だらけにしたりするから自分のそばに来られると迷惑な気がするわ」

「たしかに、迷惑なときはある。でも滅多に食われることはない。ネクトンのことを考えたって意味がないよ」

「人の影響を受けたくないの」

「なぜほかのやつから影響を受けるんだろう。君がプランクトンに似てるかどうか僕にはわからないけれど、僕に関して言えば、ネクトンから影響なんて受けないよ。影響を受けるというのは、クラゲにとっては生死に関わることだ」

「ネクトンが泳いだあとの水流に巻き込まれそうになったら、どうしてるの？」

どうしてるかな、ミズクラゲは考えたが、よくわからなかった。

「ちょっとは驚く。でもどうしようもないじゃないか。元に戻ったらすぐに忘れるよ」


夜が明けてきたようだった。真っ暗だった水のなかが、だんだん透明度を増していき、見上げた水面の色が深緑から木賊色へ、やがて青磁鼠へと変化していくのを南雲咲子は見守って、それから言った。

「そろそろ、戻るね」

口腕をゆらゆらとなびかせて、うたた寝をしていたミズクラゲは驚いて言った。

「なんで帰るの？　もっとゆっくりしていきなよ」

「家に帰ってごはんを食べなくちゃ」

「明日は満月だよ。満月の日の珊瑚礁なんて見たことないだろ？　すごく綺麗なんだよ。それに、模様のあるウミヘビとか珍しい深海魚とか、たくさん一緒に見ようと思ってたんだ」

「ありがとう。でも今度にするわ」

「じゃあ、また来てくれよ。できるだけ早く」

「ええ。きっとまたあなたと話したくなると思う。また来るね」

ミズクラゲは少しだけ迷ってから、言った。

「下等なやつだと思わないでいてくれて、ありがとう」

「全然そんなこと思わなかった」

南雲咲子は言った。

「あなたと話せて嬉しかった。これからも楽しいことがたくさんあるように願ってるわ」

「楽しいことがあったら、僕も笑うようにするよ。もちろん君みたいには笑えないからクラゲ流にだけど」

そう言うと、ミズクラゲは低周波音をあげて小刻みに震えるように拍動した。その勢いで四本の口腕が舞い上がった。南雲咲子も笑った。

「一緒に笑うのは楽しいね」

「僕もそう思った」

同時にゼラチン質をふるわせたとき、ミズクラゲは、今までなかったような感傷に満たされた。楽しさのなかに切なさが混じっていた。そして心の底から優しい思いになれるのだった。

ミズクラゲは心をこめて、さようなら、と言った。

南雲咲子は目には見えない線をたどって昇っていった。ミズクラゲは少しだけ自分の体が軽くなったような気がした。南雲咲子が海の浅い場所からミズクラゲを見下ろすと、自分がいたときよりかれは透明になったようだった。ゆるやかな潮の流れに沿ってミズクラゲは漂流を始め、水面からすっかり出てしまった南雲咲子は、もうかれの姿を見つけることはできなかった。

その年、ミズクラゲは水温の安定した深い場所で運よく越冬することができた。春になってだんだん水温が上がると、海に差し込む太陽の光線の角度も斜めから垂直に近づいていった。夏になるとかれはクラゲが多く集まる潮目の場所に出て、何度か生殖を試みた。上手くいったかどうかはわからなかった。そのうちにまた秋が近づいてきた。

かれは変わらぬ浮遊生活を送っていた。けれども、いつまで経っても南雲咲子は戻ってこなかった。

悩むことをやめたのだろうとミズクラゲは思った。そのうちに、死んだのかもしれないと思った。
自分に残された寿命は長くはない。死んだあとに南雲咲子の精神が行き場を失って海中をさまようならばそれは気の毒だが、彼女が既に死んでしまっているのなら、それはそれでいいのだとかれは思った。

参考文献
クラゲのふしぎ　ジェーフィッシュ　著　久保田信＋上野俊士郎　監修　技術評論社
クラゲガイドブック　並河洋　楚山勇　著　阪急コミュニケーションズ

飛車と騾馬

「飛車と騾馬」序文

以前、「文藝」で「十年後のこと」という特集があって、そのときに書いた掌編が「飛車と騾馬」である。書いた時点では習作というつもりはなく、これはこれで独立したものだと考えていた。

小松にも宇佐美にもモデルはいない。特定のモデルはいないが、おっさん二人組というものはどこにでもいる。野球場でも飲み屋でも安定の二人組を見かけるし、ユニットとして仕事をしているひとたちもいる。私の周りにもいるし、おそらくあなたの周りにもいるだろう。

私の場合、小説の登場人物というものは書き終えれば消えてしまうのだが、かれらは「飛車と騾馬」の枚数では納得しなかったのか、立ち去ってはくれなかった。それで、「小松とうさちゃん」を書くことになった。脱稿した今でもかれらが本当に姿を消したのか、また懲りずにひょっこり現れるのか、わからない。しかし私がかれらになにかしらの親しみを感じてしまっていることもまた確かなのである。

ずいぶん前のことだが、飲み友達のうさちゃんと仙台で偶然出くわしたことがある。武蔵小山の居酒屋で、あれはいったいいつごろだったかね、という話になった。

「連鎖街で飲んだんだ。だから相当前だよ」

「震災より前ですね、ええと」

将棋の駒のような顔をしたうさちゃんは、こころもち顔を天井の方に向けて、西暦何年だったか思い出そうとしていた。宇佐美くん君と呼ばれていたころは香車のようだったかれも、今では飛車のような面構えをしている。

「二〇〇〇……」言い淀んでからかれはこう言った。

「八年くらいじゃないですか」

そうだとしたらもう十六年も経っている。

東一連鎖街は何本かの細い路地にびっしりと小さな店が集まる界隈だった。なんとか横町ではなく、連鎖街という呼び方が複雑に入り組んだ感じをよく表していて気に入った。屋台に毛が生えたくらいの店もあれば、若いアーティストが集まる洒落た店もあった。トイレは店内にはなくて、外の公衆トイレを共同で使っていた。僕はカウンターだけの店で、大将が勝手に選んで出してくれる地酒を順繰りに飲んでいた。あの店も、連鎖街も、もうない。うさちゃんと会ったのは立ち退きの寸前で、閉まっている店も多かった。防災計画で取り壊してビルを建てることが決まっていた。実際そのあとに震災が来たのだから結果的には正しい計画だった。ただ、解体して更地になる前に仙台の職を離れた僕にとっては「もうない」ということがどうもしっくりこない。事実に反して記憶が失われていない。

「あのときまで小松さんが何してるひとか知らなかったんです。まさか、仙台まで通ってたなんて」

「ただの怪しいおっさんだと思ってただろ」

そう言うと、うさちゃんはこらえた笑いを含んだままの明るい表情で、

「マスター悪いんだけどさ、油揚げあぶってもらえる？　あとタコのなんだっけ、ええとアヒージョ、それ下さい」

と言った。僕はキープの黒霧島のボトルをひきよせてお湯割りを作った。

「小松さんのお陰で大学の先生のイメージが変わったなあ」

うさちゃんは電気工学科の修士まで出ているくせにそんなことを言う。

僕は三つの大学で非常勤講師を合計五コマ掛け持ちしている。一コマ一ヶ月三万円。そこには年金も保険も含まれてない。実にこの給与体系は半世紀以上、あるいはもっと前から変わっていない。大昔、華族が非常勤をしていたころ、とても俸給など差し上げることが出来ずお車代を渡していた名残だと聞いたこともある。僕は華族じゃないから実家でなんとか暮らしている。

あと十年持ちこたえれば公費出産世代の学生が入ってきて、学生の数が増える。今更大教室でもないだろうからポストも少しは安定すると言われている。だがそのころ親はまだ生きてるんだろうか。僕はどこに住んでいるのだろう。

「小松さん、今の人って全然ゲームしないんですね。会社の新人から聞いたんだけど」

ややや唐突な感じで、うさちゃんが言った。

「端末のゲームはしないね。でも競艇が流行ってる」

僕は行ったことがないけれど、週末の平和島や戸田のレースは学生やカップルで大賑わいだと聞いた。

「なんだかなあ。俺の時代、ゲームも随分悪く言われましたけど、あれってデメリットだけじゃないですよ。集中力とか、決断力とか、あとは……仮想空間でのコミュ力とか連携とかですね」

「今の子は難しいつき合いは嫌いだからかね」

「うちの子も小さいときはゲームしてたんですよ。でも高校になったらもうやんない。ゲームの世界って死語と顔文字ばっかりで気持ち悪いって言われちゃって、さびしいというかショックと言うか」

うさちゃんは油揚げを噛んでなんとも言えない顔をした。

「上の世代はださく見えるから」

ださいなんて言葉が死語かどうか、それもわからない。

「俺らの世代は小松さんと違って、若いときでも時代の主役じゃなかったのに。人数も少なかったし、暗いニュースばっかりだったし」

うさちゃんが自分の世代について恨み言をもらすのは、癖であってあまり意味はない。蓄電業界でばりばり稼いでいるうさちゃんは早くに身を固めて娘も二人いる。僕にはとても真似できない。個々のパフォーマンスは決して悪くないのに結果として子孫を残さなかった僕の年代は、一代雑種に喩えて騾馬世代と呼ばれる。そして僕はそういった、騾馬だとか驢馬だとかに風貌が似ているそうなのである。

うさちゃんは言った。

「でも二十代のころ思っていた三十歳にはならないし、四十になっても、昔の四十歳とはイメージが違うんですよね」

「不思議と、思ったよりちょっとだけマシだよな」

十年先の自分は、心配するほど惨めではないのか。だがそれを突き詰めて暗い酒を飲みたくはなかった。僕はマスターに会計をしてもらって、樽酒のお代わりをしているうさちゃんに、もう帰るよまたな、と言った。

JASRAC 出 1514266-501

初出
「小松とうさちゃん」……「文藝」二〇一五年夏号、秋号
「ネクトンについて考えても意味がない」……「文學界」二〇一四年三月号
「飛車と驟馬」……「文藝」二〇一四年秋号

絲山秋子
ITOYAMA AKIKO
★

一九六六年東京都生まれ。早稲田大学政治経済学部卒業後、住宅設備機器メーカーに入社し、二〇〇一年まで営業職として勤務する。二〇〇三年「イッツ・オンリー・トーク」で文學界新人賞、二〇〇四年「袋小路の男」で川端康成文学賞、二〇〇五年『海の仙人』で芸術選奨文部科学大臣新人賞、二〇〇六年「沖で待つ」で芥川賞を受賞。『逃亡くそたわけ』『ばかもの』『妻の超然』『末裔』『不愉快な本の続編』『忘れられたワルツ』『離陸』『薄情』など著書多数。

小松《こまつ》とうさちゃん

★

二〇一六年一月二〇日　初版印刷
二〇一六年一月三〇日　初版発行
著者★絲山秋子《いとやまあきこ》
装幀★鈴木成一デザイン室
挿画★原けい
発行者★小野寺優
発行所★株式会社河出書房新社
東京都渋谷区千駄ヶ谷二－三二－二
電話★〇三－三四〇四－一二〇一［営業］　〇三－三四〇四－八六一一［編集］
http://www.kawade.co.jp/
印刷★株式会社暁印刷
製本★小高製本工業株式会社
Printed in Japan
落丁本・乱丁本はお取り替えいたします。

ISBN978-4-309-02439-4